蝴蝶館 85

養蠱者

蝴蝶Seba◎著

elegantbooks

目次

養蠱者

楔子之一　孟般的獨白

當我安然的沉浸在知識的海洋中時，大師傅打擾了我的寧靜。

閱讀到一半被打斷其實是我人生少有的痛苦之一，但是在大師傅面前，我還是心不甘情不願的把書放下來。

並不是因為我對大師傅特別尊重，而是不這麼作，等等我可能要聽三個小時的精神訓話。

十分鐘和三個小時，我選了十分鐘。

「怎麼有空來呢？」我站了起來，把散落在桌子附近的青竹絲和響尾蛇踢進桌子下面，「大師傅，好久不見。」

饒是我踢得快，大師傅還是可怕的皺起眉，隱隱的像是準備打雷。他咬牙了一會兒，又瞧了瞧身後的女孩，勉強把氣忍了下來。

「跟你說過多少回，蟲蛇這類的生物要好好的關在籠子裡……」

「坐牢也是有放風時間的嘛。」

他惡狠狠的瞪著我，像是要在我臉上瞪出幾個大洞。若不是他帶著人，大概精神訓話要延長成七個小時到十二小時不等。

唔，直到這個時候我才發現他身後有個女孩子。雖然我不太會辨識女人的年齡，不過從乾扁四季豆似的身材看起來，大約十三還是十四歲吧。

這倒讓我有點訝異。

「劉非，這是妳的新師傅。」他沉重的嘆口氣，「他呢，有點不懂人情世故，但是作學問是挺好的……」大師傅盯了我幾眼，頹下了肩膀。「沒辦法了，誰讓劉師傅出事了呢？所有的師傅能帶的學生都滿額了，妳也只好跟他……」

消化了一會兒，我才了解大師傅的意思。

「等等，等等！」我叫了起來，「大師傅，這兒只有我一個人在做研究！不管她多小……孤男寡女的，你就不怕……」

老天！快把這女人弄走！哪怕是多小的女人都是惹不起的麻煩！

大師傅一直認為我是個闖禍精（其實哪有那麼嚴重），送到我這兒的學生幾乎都是短期研修的，而且自從我弄哭了幾個女生，他也就不再送女學生過來。

其實我真的沒作什麼，不過是讓她們試著和後山養的小愛打交道而已。那條叫做小愛的蜥蜴真的很小，不過兩公尺高，根本不到恐龍的程度。再說，牠也不是故意的，只是人來瘋，不小心在那些女生的胳臂和大腿上留了些牙印，流了一點血而已。她們就哭著跟大師傅打小報告，我和小蜥蜴挨了好長一頓訓，還被迫要把牠拴起來。

我是拴了。但是皮繩很容易咬斷，牠這會兒不知道歡到那座山去了……希望牠不要吃掉太多台灣黑熊，那是保育類動物呢。

大師傅疲倦的看了我一眼，更沉重的嘆了口氣，拍了拍我的肩膀。

「孟殷，你是我最有才華的學生……不過天才總是有點瘋，這我了解。」他對著我點點頭，「你不用怕孤男寡女的問題。若是她願意，飲食男女，人之大欲，又沒啥大不了……但若是她不願意，你最好還是克制一點。」

我突然有了不祥的預感。

「我剛幫你下了降頭。」我就知道，大師傅這麼和藹的時候一定有鬼。「如果你試圖未經同意推倒劉非，降頭是會發作的。」

不用照鏡子我也知道，我的臉慘白了。「……萬一是她試圖推倒我呢？」別開玩笑，真的發生過這種事情啊！要不是我逃得快，小愛又剛好睡在我臥室，我的貞操可能早就完蛋了！

「那是你的福利。」大師傅聳聳肩，「剛好替你轉大人。」

「大師傅！」我要抗議，我絕對要抗議！我不要跟女人有什麼瓜葛啊～「劉師傅是出了什麼事情？他會來把學生帶回去吧？」

大師傅更疲倦的抹了抹臉，「……他喝醉了，誤把硫磺放進研究的煉丹爐裡……將自己炸上天了。拼都拼不起來，你說他能來帶誰呀？早就叫他戒酒了……為什麼我最優秀的學生不是書呆就是酒鬼？就沒幾個像樣的……」

啊？劉師傅，你沒事把硫磺扔進煉丹爐作什麼？

留下這個麻煩，我不要幫你收啊～

大師傅根本不理我的驚慌和哀號，很瀟灑的走了。剩下我和女孩面面相覷。

「妳……」我真的欲哭無淚，「一定還有其他師傅可以收妳……妳這麼小的孩子來『夏夜』作什麼？」

她緊張的抱著背包，小小聲的說，「我叫劉非。」

可憐兮兮的表情，很像是被遺棄的小動物。我對這種表情最沒有抵抗力了。會養了一大票跟研究沒有任何關係的小動物，吃掉我大半的薪水，就是因為缺乏抵抗力。

我心軟了。

「……妳去二樓找個空房間住吧。」我有氣無力的說，「打掃用具在樓梯間。」

事實證明，我根本是被她可憐的表情騙了。女人，永遠不要相信她的可憐兮兮。

*　　*　　*

我所在的「學術組織」叫做「夏夜」。

這個名字沒有任何意義，只是當初的研究小組隨口取的。而且這個學術組織的歷史不算很長，大約可以追溯到抗戰期間。一群學者意外的取得了日本人體實驗的部分資料，退到重慶時，又因緣際會留在苗疆研究了一陣子的蠱毒。後來隨著政府遷播來台，帶了整套的研究資料，就附屬於國家研究機構之一，只不過算是作黑的，見不得光。

之所以會如此，當然是因為我們研究題材的緣故。

大師傅對這個名字一直很不滿意，不過當時的召集人不是他，但是，他卻是最初小組成員之一。至於他的年紀，我勸各位最好不要多作聯想。反正他看起來宛如三十幾歲的壯年人，罵起人來中氣十足，看起來還可以活個幾百歲……至於他是怎麼辦到、是不是妖怪，最好不要去研究。

身為他的傳人、又負責教導新進的學生，我們多半把重心放在不那麼科學的蠱毒上面。這題目遠比別人想像的安全，起碼比研究「大師傅為什麼這麼年輕」安全太多了。

除了蠱毒外，我們研究金丹、降頭、召喚，還有一些雜七雜八胡說八道可以上報騙經費的東西。當然，拿國家的經費作研究，還是得有些貢獻。「夏夜」要負責消滅莫名其妙的奇怪疾病、傳染疫，有時候甚至要跟「異類」打交道。

換句話說，我們是領國家薪水、外表包著「科學」糖衣的道士或術士，解決的通常是比較離奇的疾病或現象。

傳承到我這兒，算是第三代學生。我也是劉師傅帶出來的，然後大師傅親自教導我。這兒的傳承很特別，往往是大師傅去挑人。他的標準我也看不出來，總之，他喜歡找一些怪人來當學生。

像是對生活絕望，或者願意放棄一切完成心願的人。有些家族為了挽救事業或生命，也會獻出家裡的孩子當學生。

當了這裡的學生就要跟外界斷絕關係了，畢竟這裡的研究是祕密。但是也不像流言說得那樣，想脫逃就會被滅口。

至於要離開的程序……唔，我只能說，我看到MIB拿出消除記憶的閃光棒，我笑了。

其實「夏夜」最大的成就不是表面上那些滿科學的論文或防疫。

我們最大的成就是，完成了有靈魂的「蠱」。

每個研究員都可能自己創造，或是由師傅那兒繼承這種「蠱」。要仔細說明很困難（那可是好幾本論文的量），簡單說，我們創造了蠱的殼，而將游離的鬼魂或者是魔、妖這類的「異物」納入殼裡，成了可以召喚的使魔。

所以，很多時候，我覺得我們是國家養的魔導士，而不是什麼研究員。

這也是為什麼「夏夜」見不得光的緣故。

再怎麼科學理性的世界，背後總有些虛幻的陰影。而這些陰影，就是我們的領域。

當劉非抵達我的私人研究所時，其實我很認真的想過，不知道她又是為了什麼理由，來到這個幽暗而隱密的「夏夜」。

畢竟她是這樣的年輕。

楔子之二 劉非的獨白

第一次見到新師傅，我很不淑女的張大了嘴。

我知道他叫做「孟殷」，而且我也知道他是男的。但若不是大師傅先告訴我了他的一些資料，我會以為我見到了一個清麗無雙的美女師傅。

走進他的私人研究所，他正垂著濃密睫毛，專注的看著桌子上的書，濃密光滑的長髮編成一條鬆鬆的辮子，和白得幾乎有些透明的晶瑩肌膚相輝映……

所謂「豔光照人」，或許就是這種樣子。只穿著寬大的白襯衫牛仔褲，卻完全無損他的美麗。

（雖然我覺得古希臘長袍比較適合他……）

一個男人美成這樣，實在太過分了。但是當他微帶困擾的靜謐眼神望著妳的時候，妳又會原諒他美麗得這樣過分。

這樣靜謐的麗人（就算是男的，也應該適用？），跟從他學習應該很幸福吧？我對不確定的未來突然多了點信心。

當然，第一印象往往是不準的。如果第一印象會準，就不會有「因誤會而結合，因了解而分開」這樣睿智的話了。

之後他的行為和他的外貌呈現非常離譜的強烈反差，有段時間，我對所有美麗的人都有強烈的不信任感。

男人長得好看，身邊卻沒有女朋友或老婆，基本上絕對是有問題的。

我的師傅孟殷，就是個「問題」麗人。當我發現這個鐵般的事實時，實在很幽怨。

一開始，我並不知道他的本性。他那樣愛靜，甚至不想收我，讓我非常緊張。後來勉強收留我，也總是看書或作研究的時候多，他的話是很少很少的。

他穿得簡單，吃得也非常簡單。水煮青菜水煮肉水煮蛋，簡樸的像是修士一樣。這個時候，我甚至相信他和「夏夜」本部研究院的師傅、研究生是一樣的，畢竟我已經在「夏夜」本部待了一年多，已經很習慣「夏夜」的生活。

待在「夏夜」的人各有緣故。有的是讓「夏夜」治療怪病痊癒，卻留下嚴重傷疤或後遺症的。我就見到一個師傅有隻宛如枯枝的右手，雖然她聲音甜美，溫柔體貼，但是臉孔卻縱橫著毀容的傷疤。在外面可能會引起驚駭，但是在「夏夜」她是令人尊敬的植物專家，還嫁給另一個英俊、卻長了一頭綠葉的師傅。

有的則是跟大師傅許願，將自己的餘生奉獻在「夏夜」裡。有的是自殺被救活了無生趣，也有被鬼魔侵襲靈魂傷痕累累。

當然，也有像我這樣為了拯救家族被送進來當練習生的。

「夏夜」本部的人或許都經歷了許多苦難，幾乎都一致的，擁有柔慢的聲音，安適的舉止。雖然並沒有禁止過，但是在「夏夜」研究院裡頭，我沒見過誰喧譁亂跑，在那種宛如教堂的氣氛中，很有種宗教的聖潔，讓人安穩而平靜。

所以一開始，我以為我的新師傅也是這樣的。

表面上來說，他的確像是「夏夜」的人。舉止溫柔，輕聲細語，安靜穩重。

但是，這完全是表面。

我第一次發現他的真面目時，真的無言許久。

當我住到孟師傅的深山私人研究所一個月後，一個交換學生也來到這兒接受教導。

我知道這個學生是來自「紅十字會防災小組」的。簡單說，就是另一個表面正常，實際上也是研究咒語法術之類的研究機構。他來學習孟師傅最專精的蠱毒。

一切本來很正常，就在某一天的下午，這個滿臉雀斑的男學生，突然大叫一聲，倒在地上沒有呼吸了。我大吃一驚，看到一條豔紅的身影快速的游開，趕緊一把抓住。

我並不討厭蛇，也負責餵養牠們。但是看到這條蛇，我還是頭皮一陣陣的發麻。這是種叫做赤練蛇的毒蛇，一滴五CC的毒，可以毒死一村五百條人命。

一轉頭，我那美麗的師傅蹲在地上，津津有味的看著全身抽搐的被害人。

「師傅？」我將那條惹禍的小東西塞進籠子裡，「血清呢？血清在哪！」

「赤練蛇欸。」孟師傅戳了戳還在抽搐的男學生，「三分鐘就會死喔。」

……三分鐘就會死，你不找血清蹲在這兒幹嘛？

「師傅！」我跳了起來，「血清是在哪啊？」

「不用擔心啦……」他掏出筆記開始記錄，「我都給你們打過預防針了……」

我剛剛鬆了口氣，他的下句話讓我的心又差點跳出來，「所以十分鐘才會死啦。」

…………

「師傅！」我抓住他的前襟，沒命的猛搖，「快把血清找出來給我！」

「不用急啊。」他也好本事，我這樣搖他還可以寫筆記，「還有五分鐘可以打血清，找血清只要兩分鐘，打針幾秒就行了……」

我做了一件大逆不道的事情。雖然我知道，這樣作很可能會讓我被趕出「夏夜」，或者是那個明顯神經不正常的師傅會作什麼殘酷的報復，但讓我再選一次，我還是會這麼作的。

我花了一分鐘，暴打了那個美麗的師傅一頓。然後押著他去找血清，在那個學生翹辮子之前，把他從鬼門關拉回來。

諸此之類沒常識的事情屢屢發生，而我的暴力因子也一次次的發作。不過有一點我很感謝他，雖然常常被我暴打，孟師傅還是沒把我趕出去。

當然，他怕我跟大師傅告狀也是主因之一，但人總是要懷著感恩的心的。

尤其是離開了「夏夜」，我無處可去。

*　*　*

這樣說大概有人會被我搞糊塗了。我明明是為了挽救家族才被奉獻進來的練習生，不是嗎？

從某個角度來說，對的。不過原本大師傅要收的是我爸爸的小女兒，也就是我的姊姊。但是大師傅來接人時，我主動說，「讓我去吧。」

大師傅看了看我，和哭成淚人兒的姊姊，將我帶走了。為了這個，我終生感謝大師傅。

我不如姊姊聰明也不如姊姊美麗，但是他像是什麼都知道一樣，憐憫的帶走了我。

這要從我的出身說起。

雖然我出生在一個富裕的家庭。那種富裕大概可以這麼說：我家在陽明山庭院的雕花鐵門到正屋的大門，開車要五分鐘。在台灣這種地狹人稠的地方，這大約可以說明富豪的程度。

就像所有的富豪都特別容易犯下男人都會犯的錯，有回醉酒後，男主人強迫了女佣，好死不死，一次就有了。本來可以打掉了事，但是男主人異想天開，想要多個兒子。很不幸的，偏偏生下女兒；更不幸的是，驗了ＤＮＡ，居然還吻合。非常逼不得已的留下女嬰，花了一筆錢，打發女佣走了。

那個犯錯的男主人就是我爸，我的生母就是那個倒楣的女佣。至於那個更加倒楣的女嬰，就是我。

老爸萬般無奈的接受了我，取名叫蘇非。他的意思很明顯，我也很了解。雖然是蘇家人，卻似是而非。他不想承認，又不能不承認，只好在名字上面作文章。

喔，不要猜測我從小受盡虐待苦楚，沒那回事。蘇夫人雖然不喜歡我，卻連推都沒有推我一下。從小哥哥姊姊有什麼，我就有什麼。她把我交給保姆帶，若是保姆欺負我被她知道了，馬上換掉。

我從很小就知道她是個優雅而高貴的婦人，雖然她不是我生母（佣人們在我小到連話都說不清的時候，就爭著告訴我這段殘酷的身世了），但是她從來沒有虧待我——無良丈夫不貞的鐵證——反而盡力的維持一種表面的公平。

或許是她無言的維護，我的異母兄姊可能瞧不起我，但也沒欺負過我。

但是這種氣氛實在是不太愉快。我一直期待趕緊長大，可以離開這個家。我對佣人拿我當八卦材料實在很疲倦，我好像是生活在華美孤兒院的孤兒，講話行事都得特別謹慎小心，這種壓力是很大的。

直到我十四歲那年，又發現了新的難堪。

我的異母哥哥非常英俊。當然，那也是因為他有個美女母親，還有個美女祖母，基因改良在人類果然是有可能的。

但是心性上，他又很像特別容易犯錯的老爸。糟糕的是，他發現家裡還有一個方便的對象。

沒錯，那就是倒楣的我。

一開始，他先是突然示好。但是他好像沒發現，在流言和嘲諷、冷漠處理長大的孩子特別早熟，也特別有戒心。傭人在主人面前都會謹言慎行，卻不會避開我。所以……我也算是聽到了許多負面教材。

根本不相信他突然想到自己是哥哥，尤其是他看人的眼光實在是很恐怖。後來他的手段就越來越過火，有次試圖強吻我，慌張中，我用書包打了他……

我想他不會失去生育能力，只是我的書包裡有硯台，讓他之後幾天走路的姿勢有點怪而已。

無法跟任何人求助，我只能待在房間裡，把門窗都鎖起來，咬牙忍耐再忍耐。

後來老爸的事業出了大狀況，我那時的神經緊繃到一個程度，只忙著保護自己，沒什麼在留意。只知道老爸最後去求了一個什麼博士，聽說他養小鬼（？），可以化解厄運。

然後大師傅在危機解除後，來家裡接走一個孩子。

而大師傅來的前一夜，我那禽獸哥哥從管家那兒拿到我房間的鑰匙，摸了進來。我也不知道哪來那麼大的勇氣，從二樓的窗戶跳出去。

幸好只是扭到腳。其實我想過，哪怕我住十四樓也會跳吧？我不想讓人看笑話，我不想和生母有相同的命運。

我是我，她是她。

大師傅要來帶走姊姊，我說，拜託，帶走我吧。他看了我好久，扶著一拐一拐的我，離開了蘇家。

原本劉師傅是很排斥我的。本來我以為他討厭我，但是離開「夏夜」，我根本沒有地方可以去。如果我再大個幾歲，可以養活自己，那就什麼問題都沒有。但是誰會雇用一個十四歲的小孩？

我喜歡「夏夜」安靜淡漠的氣氛。這裡是乾淨的、純和的。我不要離開這裡。

但是我沒想到，劉師傅不是討厭我。

「劉，你不喜歡你的新學生？」大師傅的聲音響起，原本要敲門的我停住。我知道偷聽不對，但是我又很想知道劉師傅的想法。

「她很聰明，也很好學。她說不定可以繼承我養的使魔……她是有天分的。」劉師傅的聲音很煩躁，「大師傅，你不該讓她現在就來。她還這麼小，人生還這麼長……你讓她現在就進來這個學問的墓穴，這……」

大師傅頓了一下，輕嘆。「她沒地方可以去，劉。她的異母兄長……對她有骯髒的想法。而她不願意，也得不到任何保護的。」

坦白講，我從來沒有哭過。為了在蘇家生存下去，我連哭聲都沒有。要自制、自愛，不要帶給任何人麻煩。更何況，哭又不管什麼事情。

這個時候，我卻哭了。驚覺自己滴落滿掌的淚，我逃到房間裡的大衣櫥，埋著頭，無聲的不斷啜泣。

我還真不懂我哭啥。

後來我紅著眼睛，去敲劉師傅的門，那已經是兩個小時後的事情了。

當然，大師傅早就離開了，劉師傅正在整理筆記，刷刷刷寫個不停。他是老派人，不喜歡用電腦，甚至還在用鋼筆。

我看著他地中海式的光亮頭頂，卻覺得這樣的親切。

「唔，」他抬頭看看我的眼睛，若無其事的遞出那疊筆記。「妳會用電腦打字吧？幫我輸入資料。我一個人真的忙不過來……等弄好了，我帶妳去拜望朱老師。植物學也是很重要的……」

我沒出聲，只是點點頭，接過了厚厚一疊的筆記。劉師傅的鋼筆字很漂亮。

「不用今天就弄好。」他擺弄著桌子上的文具，裝得很忙的樣子，「呃，如果沒睡好眼睛痛……」他眼睛看旁邊，卻推過一盒藥膏。「這個敷在眼皮上，很快就不痛了。」

他尷尬的咳嗽，「欸，快拿去！我很忙、很忙！」

接過藥膏，我坐在電腦前面，塗在眼皮上，果然不痛了。但是我不知道是哪個神經不對，一面打字一面哭，就這樣哭了一整天。

劉師傅經過幾次沒說話，最後絞著手指遞了一大罐礦泉水和一大包衛生紙，就落荒而逃。

生平第一次，覺得我是被愛護的。居然是在這樣神祕而有宗教味道的封閉學術機構。

我想，我有了真正的父親。他甚至把他的姓給了我，劉。

知道他的意思的。他的意思是，我可以「留」下來。我有地方去的。我尊敬並且愛他，用愛親生父親一樣的感情。

人算不如天算，這樣幸福的日子不到一年，劉師傅就意外過世了。我因此大病一場，躺了快兩個月。

後來大師傅把我送到這個深山的私人研究所。我想他真的是很睿智的長者，知道我的極度悲哀需要轉移。

的確，我來跟孟師傅的時候，暴怒的時候多，悲哀的時候反而少了。

來跟這個腦筋有毛病的麗人師傅……這到底算是幸運，還是不幸，其實我也沒有答案。

第一章　狂妄之瞋

隨著時日的過去，劉非對美貌的孟師傅已經幻滅的差不多了。

當有人煮飯的時候，孟殷很自然而然的放棄了他的水煮肉水煮青菜水煮蛋，還會挑剔和點菜（你以為你在餐廳吃飯？）；當他發現有人打掃的時候，他很義無反顧的將屋子弄成垃圾堆，指使年輕的學生來清理（學生不是這樣用的吧？）；當他知道看不過去的劉非會幫他餵實驗用的動物和非實驗用的寵物時，他就放心的在冰箱上貼了張什麼動物該餵什麼食物的紙條，然後很逍遙的去玩他的實驗和看他的書……

劉非對於美人已經有了嚴重的偏見。

本來她還抱著最稀薄的希望，幻想孟師傅留了一頭長髮必有浪漫的原因……

但是他很直接坦白的告訴劉非，「因為一直在考慮要剪什麼髮型，實在很難選擇，拖了一年以後，就這麼長了。」

劉非終於認清了她的師傅：一個懶到不能再懶，懶到可能連大餅都懶惰轉（有人服侍的話），徹頭徹尾，神經不太正常的懶人。

她雖然狂怒起來會揍躺在垃圾堆酣眠的孟殷，但也會認命的處理一切的雜務。包括打掃上下兩層樓十個房間的研究所，餵養大約一個軍隊之多的寵物和非寵物，甚至會去冒險把正在啃台灣黑熊的小愛拖回來……

還有日常功課要做，所以她是很忙很忙的。

至於時常鼻青臉腫的孟殷，最大的興趣是扛著釣竿去釣魚，但是往往沒釣到什麼。

不過連日豪雨，沖毀了研究所唯一的產業道路，雖然青菜還可以用貧瘠疏於管理的菜園勉強補足，但是魚或肉就沒辦法了。

孟殷又扛著釣竿出去時，劉非叫住他。而孟殷，非常反射動作的護著自己的臉。

「說好不打臉的！」他想不起來又惹了什麼禍，「冰箱最後兩根香腸不是我帶出去烤來吃的！」

……難怪香腸會失蹤。大概連培根、火腿，都是在溪邊釣魚兼烤肉的時候消失了吧……

「你！」劉非磨了磨牙齒，勉強忍住。「你若釣不到魚，從今天起，你只有蘿蔔湯可以喝了。」

孟殷很快的垮下臉來，嘀咕著進屋子裡拿了些什麼，才轉身出門去釣魚。

二十分鐘後，他帶回了滿滿一箱的溪魚。

劉非迷惘的看著他。奇怪，之前都釣不到，一遇到沒肉吃的危機，他這個師傅是怎麼把魚變出來的？難道飢餓可以激發潛能？

狐疑歸狐疑，她還是把滿水桶的溪魚拿進廚房。

「內臟要清乾淨，」孟殷在書房喊，「魚要煮熟喔！」

半個巴掌大的溪魚要清內臟？劉非聳了聳肩，很任勞任怨的開始剖魚肚清內臟，又是紅燒又是油炸的煮了一桌香噴噴的滿魚全席。

孟殷很開心的大快朵頤，劉非才挾了一口紅燒魚吃，幾隻飢餓的貓拚命磨蹭她的小腿，叫得很淒慘。她無奈的放下筷子，把清出來的魚內臟倒到後面的食盆裡。

結果那幾隻吃了魚內臟的貓，通通倒地口吐白沫。

這……？劉非蹲下來看著明顯中毒的貓，她臉孔蒼白的衝進屋子。「……你……你到底用什麼餌釣魚……？」

孟殷埋首苦吃，含糊不清的說了句。

「孟師傅！」劉非怒吼了。

他苦著臉吞下滿口的飯，「……河豚毒啊。」

劉非的臉孔刷的變白了。太陽穴的青筋不斷的跳動。

不大妙。孟殷警覺的護住臉，「我沒把魚毒死嘛！只是讓牠們痲痹而已！而且那是我獨到的配方，裡面有特製的砒霜和非洲魚藤……釣魚太慢了，毒魚比較快呀……配方都是天然的，很快就分解掉了，不會破壞環境……」

砒霜？非洲魚藤？

「還有呢？」劉非的聲音霜冷起來。

「還、還有……」孟殷從指縫小心翼翼的看著她，「還有天旋草和鶴頂紅……」

我吃了一口紅燒魚。天啊～我吃了一口欸！

劉非覺得天旋地轉，衝進洗手間，試著將胃裡的東西吐出來。

說也奇怪，劉非和那群貓都大病一場，三天後才有辦法起身。吃了整桌魚料理的孟殷卻一點事情也沒有，甚至好心的幫劉非煮魚湯。

她有氣無力的趴在床上，用白眼看孟殷。「……我自己煮白粥就好，謝謝。」

「很香呢。」孟殷含著食指，「我覺得好好吃……」

「毒不死你的話……」劉非感到肚子一陣陣的絞痛，整個人蜷得像隻蝦子，「你吃吧，求求你……」

孟殷很開心的大喝那鍋魚湯，卻沒看到劉非怨恨的眼睛。

她犯了兩個錯誤。

第一，她不該相信師傅的智商，讓他去弄食物就是錯誤的第一步。

第二，她還沒毒發之前，不該徒勞無功的吐出來，應該先把師傅痛打一頓，而不是等毒發到虛軟無力時，對著他磨牙齒。

磨牙齒他又不會痛。

等她體力恢復到可以揍人時，已經是一個禮拜後的事情了。

＊　＊　＊

大病初癒（事實上是食物中毒……），雖然說體力已經恢復了，劉非倒是沒對這個缺乏常識的師傅使用暴力。

她深深覺得，對待孟師傅跟對待家裡的貓是一樣的。應該在他做錯事情的立刻給他「鐵的紀律」，事過境遷才去扁他，孟師傅只會眼淚汪汪的含著手指，蹲在牆角演孤雛記，根本不懂自己幹了什麼好事。

孟師傅跟正常人的差別，距離可比地球到火星的遙遠。你要把他看成火星人，這樣日子才過得下去。

所謂我不入地獄誰入地獄。她終於明白大師傅的一片苦心。說是將她送來當學生，事實上是把她送來當保姆，省得孟師傅玩掉別人的命，也玩掉自己的小命。

他要玩掉自己的命無所謂，但是別人的命和孟師傅的才華是無辜的。她堅毅的豎起秀氣的眉毛，非常具有捨我其誰的犧牲奉獻精神。

只是，劉非實在非常懷疑整天不知道在搞啥的孟師傅，到底具不具備才華這種東西。只是很快的，她得到證明的機會。

這天，「夏夜」本部突然送來一個謹慎運送的包裹。長寬高大約一公尺左右的冷藏立方體，打開來，是個模樣像個恐龍蛋的玻璃容器。

劉非見過這種東西。這是「夏夜」研究院的研究產品，專門拿來運送移植器官或需要急救的罕見生物。容器內充滿特殊的培養液，其功能有羊水和活化細胞的作用。

在培養儀器裡頭載沉載浮的，是一根手指。

手指？劉非有點摸不著頭緒。不是說有急診病患，那為什麼只有手指沒有病人？

翻著病歷，孟殷咕噥著，拿起電話撥給很忙的大師傅。「大師傅，如果你想演第五元素，我建議你去找好萊塢。」

「孟殷，我親愛的徒兒。」大師傅的語氣分外的和藹，「板橋地區爆發不明原因的傳染精神症候群瘟疫，全院已經忙得四天沒得睡，請你也認真點，幫忙做點事情好嗎？」

「我可以幫患者開死亡證明書。」孟殷的聲音很歡，沒想到一通電話就解決了麻煩。

話筒那邊沉默了好一會兒，讓孟殷有點不安。「喂喂？大師傅？你斷線了？」

如雷貫耳般，大師傅滿懷十萬伏特高電力的巨響從話筒傳出來，「你再給我裝蒜？治不好他就扣你半年薪水！」碰的一聲，摔電話的聲音讓孟殷好一陣子耳朵嗡嗡響。

孟殷抱著胳臂沉思。劉非看他在思考，不好意思問，撿起病歷看了起來。

這是一個從市立醫院轉來的「病人」。把那些艱澀故作高深的醫學術語扣除，簡單歸納起來……

這的確是一個病人。除了手指以外，他的人陷入了深度昏迷，並且除了手指保持正常尺寸，整個人等比例縮小得剩下五公分的身高。

她慌張的找出放大鏡，仔細往培養容器看去……雖然蛋狀的表面有點失真，的確，那根手指底下黏著一些什麼……

還真的是個具體而微的人欸！他舉著巨大無比的手指（照比例看起來），很像是漫畫或動畫裡頭的大特寫，沒想到現實生活可以看到這樣超現實的事情啊～

「……師傅？」劉非的聲音發顫，卻不完全是害怕。師傅正在考慮怎麼醫治這個罕見的病人嗎？

「扣半年薪水我是還過得去啦。」鄭重思考後，孟殷終於說話了，「米應該還夠吃半年，我可以釣魚，打獵應該沒問題吧。只是小動物們該吃什麼？」

……原來你想半天在想這件事情？「孟師傅！」

「我不想醫治這種病人……」孟殷伸手去拿釣竿，「太麻煩了。」

劉非瞪著他，「孟師傅，我還沒忘記被你的魚放倒一個多禮拜的事情。」

他反射性的摀住臉，「說好不打臉的！」

「大師傅讓你好好醫治這個病患吧！」

孟殷含著食指，淚眼汪汪的，「我能不能直接開死亡證明書？」

「不行！」劉非的聲音蘊含著豐富的暴風雨。

……大師傅果然不安好心的。孟殷沮喪的在地上畫圈圈。他幹嘛送這樣一個麻煩的女人來？簡直像是女性版的大師傅嘛！

「這是很麻煩的病例，」孟殷無力的抗辯，「那是根中指欸。」

「中指又怎麼樣？」劉非不懂了。

「憤怒的中指啊。」孟殷苦著臉翻著病歷，「其實二十年前發生過類似的病例。」

不用馬上動手治療讓他心情好了些，酷愛閱讀的他在塞滿書籍和資料的圖書室翻了半天，翻出一疊泛黃的病歷。

「這是我在本部圖書館找到的。」他很熱心的指點，「當時覺得這種病太有趣了，所以認真的看過所有資料……」

「病人有痊癒嗎？」劉非知道什麼樣的事情發生在「夏夜」都不奇怪，但這也太稀奇了。

「唔，」孟殷漫應著，「他現在還在本部標本室裡。」

…………

「那個在標本室的病人撐多久？」劉非一陣陣的膽戰心驚。

「據說大師傅親自照料他，從病發到病故，大約七天。」孟殷愉快的宣布。

七天？劉非蒼白著臉孔掏出病歷。病發的日期是……十月九號。

「今天十月十三號了欸！」劉非吼了起來。

「所以開死亡證明書比較快呀……」

劉非毫不考慮的痛扁了她的師傅一頓。「人命關天，你還不趕緊動手跟我扯什麼扯啊～」

孟殷含著眼淚，「這種『瞋病』的病人有什麼好醫的嘛……」

孟殷不向暴力屈服，卻向腸胃屈服了。

劉非恐嚇他，若是不動手開始治療，從這個時候起，她要罷工不煮飯了。這對孟殷來說，真是致命的一擊。

垂頭喪氣的，他踱入電腦室。

「靠電腦治不好人吧？」劉非覺得她的耐性又受到一次嚴重的考驗。

「我得先找出病源。」孟殷眼底滾著眼淚，含著手指，「不找出來怎麼治療？」他埋首啜泣起來，美麗的臉龐蜿蜒著晶瑩的淚，「這真的很麻煩欸……」

劉非望著天花板，咬牙切齒的把怒氣吞下去。既然沒有其他的事情可以做，她開始翻著那疊泛黃的病歷。

嚴格說，這不只是病歷，夾雜著十幾張比較新的活頁紙，上面密密麻麻的都是孟殷娟秀的筆跡。

孟殷的文筆很流暢，將醫學報告寫得像是偵探小說一般，非常的引人入勝。

如他所說，這是一種「瞋病」。

事情發生在二十年前的大都市。自負正義的記者，揭發了青春玉女的過往：這位當紅的青春偶像在成名前，迫於生活，曾經出賣過肉體。

記者先生揭穿了清純偶像的假面目，文中極盡嘲諷之能事，甚至當作專題寫了一個禮拜，還將幾篇歌迷惡毒的回應放在版面上，開始挖掘她過往所有不幸的往事，包括她曾經被生父強暴、墮胎等等……

在筆記中，孟殷寫著：「魔女審判開始了。」

劉非深深覺得，這很貼切。的確是魔女審判……中世紀的魔女並不在於她做了什麼，而是過去有什麼樣的流言。

鄰居死了兒子，村人走失了牛，母雞不下蛋……她被什麼男人騙了，又甩了什麼人。這些，都是魔女的「鐵證」。

真荒謬。但是這種荒謬卻常常上演，延到二十一世紀，依舊如此。

孟殷的調查詳細得接近瑣碎。在大量的報告中，不知道他哪裡弄來記者寫給朋友的信，上面述說了他的失望和憤怒。

是的，憤怒。

記者先生也是那位清純偶像的忠實歌迷。他對她著迷得接近入魔，所以她不堪的過往對他來說，是非常嚴重的打擊。

他使用手裡的筆像是一把屠刀，一刀刀凌遲著他原本迷戀的偶像，即使她立刻引退，還是時不時的拿出來寫，像是一種病態的興趣。

嗜血的追蹤著她的行蹤，不管搬到哪裡，他都會利用記者的資源找到，然後用鐵樂士和穢物，在她的家門上面「打招呼」。

直到她身敗名裂、一文不名。直到她死。

但是她一死，這位記者先生就得了怪病，也跟著死了。

真是一種令人心驚的，類似因果報應的循環。

她昏昏的抬起頭，孟殷可憐兮兮的蹲在她面前，「我找到病源了，可以吃飯嗎？」

劉非說不出心裡的感覺。她才十五歲，心還非常柔軟。這樣殘酷的悲劇讓她感到迷惘而悲傷。

「……我去做飯給你吃。」

機械似的煮著飯，她想著還在培養液漂浮的「病患」，想著他是什麼緣故，為什麼會引來這種「瞋病」。

吃飽了飯，孟殷的心情顯得很好。他興致高昂的談論這個病例，像是在討論怎麼釣魚。「網路真是一種方便的東西。」他深深的讚賞，「打幾個字，按下滑鼠鍵，就有泡麵似的正義，真好用。」

眼前這個病患，是個頗有名氣的網路創作者。他自己編曲、自己寫詞，放在網路上供人下載。唱片公司注意到他，已經幫他出過兩張專輯，銷售量頗不惡，畢竟他擁有才華和人氣，就算網路上有他的MP3，粉絲還是很願意掏錢出來買專輯支持。

但是過度的人氣和狂熱的歌迷，讓他的自我迅速膨脹起來。於是，一個抄襲他作品的抄襲者被發現，他不循法律或任何正常的管道，直接在自己的網站公開抄襲者的姓名和住址，並且這麼說：

「這個女人該死。所有看到這篇文章的人請拿起石頭，扔死她。讓她永不翻身。」

抄襲有罪，的確有罪。但是罪不至死吧？誰也沒想到，一個狂熱的歌迷照著地址找到抄襲者的家裡，真的拿起石頭，扔她。

正中太陽穴。

抄襲者倒地不起，送到醫院已經沒了呼吸。雖然搶救後保住了命，卻一直昏迷不醒。狂熱歌迷被抓到警察局，因為重傷害罪收押，但是病患的網站卻一片叫好聲，「魔女審判」沒有停止過。

網站上有著病患健康時得意洋洋豎起中指的照片。

有果必有因。她不知道該同情誰，好像誰都有錯，但是誰的罪都不到死罪。

「所以我說很麻煩呀。」孟殷咕噥著，「我不想救這種人。」

劉非深深吸一口氣，「你想半年內自己煮飯吃的話，那就儘管不要救好了。」

孟殷哀愁的看了她一眼，垂頭喪氣的去收拾必要的醫療用具。

開著他又破又小的嘉年華，孟殷發著牢騷，「……最可怕的不是無知，而是那種一知半解，不懂裝懂的傢伙。看了幾本破書，就以為有通天的本領。若這些破書都是編的，那還真是幸運呢。但是有些破書東抄抄西抄抄，真的假的好的爛的都亂抄在一起，這才是最壞的……」

劉非奇怪的回頭看他，「你說什麼？」幹嘛沒頭沒腦的發這堆牢騷？

「『瞋病』啦。」孟殷沒好氣的回答。他討厭人多的地方，偏偏要開很久的車，到一個又擠又亂吵得耳朵受不了的大都會，讓他很吃不消。「沒人詛咒，難道這種怪病會自體發作？又不是癌細胞。」

詛咒？劉非咽了口口水。她是知道「夏夜」有單位專門研究這個，但那屬於高危險的研究題目，她是最基本的練習生，連劉師傅留給她的使魔都還不能召喚，更不要提研究詛咒。

現在她卻要跟著不可靠的師傅去解決這麼危險的題目。

她很想說她不去，但是張了張嘴，還是沒說什麼。

但是三個鐘頭後，她忍不住開口了。「師傅，這個郵局我們經過五次了。」

「有這麼多次嗎？」孟殷看了看地圖，搔了搔頭，「反正地球是圓的，早晚會開到。」

……家裡的病患有辦法撐到我們環遊世界八十八天嗎？

她一把搶過地圖，沒多久，她的火氣越來越旺盛，忍不住尖叫起來，「我說右轉！你往左邊轉去做什麼！」、「你上高速公路幹嘛？我們要去桃園嗎？」、「紅燈！紅燈啊！你看不懂交通號誌？你的駕照是怎麼考上的啊～」

在她把聲音吼啞了以後，忍無可忍的逼孟殷停在路邊，堅決的拉著他招了計程車。

「我的愛車會被偷！」孟殷大聲抗議。

「那麼破的車誰要啊？」劉非疲倦的抹了抹臉，「除了喇叭不響，每個零件都會響。」她的心都提到咽喉了，一路上好怕車門掉在大馬路上。剛剛開到一半，後照鏡就隨風而去了。

加上一個路痴、開車宛如烏龜慢爬的糊塗駕駛，完全人車合一的實現了殺人兵器的要件。

「我討厭搭別人的車。」苦著臉，孟殷報了醫院的名字，「不是自己開，我都會暈車。」

半路上，孟殷就很不賞臉的吐了。劉非簡直無語問蒼天，雖然他好歹也撐到緊急停到路邊才吐，但是她的球鞋差不多都完了。

她這個師傅到底還有什麼不為人知的毛病啊？

好不容易抵達醫院，臉都黑了的司機老大把他們趕下車，將找的錢一丟，絕塵而去。

「真不親切。」吐得有點虛的孟殷抱怨，「現在的司機怎麼這樣……」

……我若是司機，早就把你丟出車外了。一路上拚命呻吟和乾嘔，哪個神經正常的人受得了？

劉非瞪了他一會兒，又無力的放棄。這個時間不早不晚，剛過了十點。醫院出入的人少了，巨大的建築少了人氣，在生死輾轉的場所顯現出一種嚴肅的壓迫感。

其實已經過了探望時間。不過，當孟殷慢條斯理的從背包裡拿出白色長外套穿上，居然醫院沒有人過問，警衛還說：「大夫好。」

「……大夫？」劉非看看遠處的警衛，又看看這個一點都不可靠的師傅。

「這是實驗室的外套。」孟殷笑著，笑容顯得非常清純溫和，「和醫生的衣服很像吧？」

……這算是詐欺吧？

她悶悶的跟著孟殷走入了一間病房。那是一個四人病房，這個時間，除了昏迷不醒的病人，幾乎都還沒睡著。

孟殷從口袋掏出一個罐子，然後往空中撒了一些黑粉……本來詫異的看著他們的病患，昏昏的閉上眼睛，都睡著了。

一把摀住自己的口鼻，劉非實在被魚中毒事件嚇怕了。她根本不知道異想天開的孟師傅會撒些什麼東西，或者會有什麼後遺症。

「這是什麼？這是什麼！」她尖著嗓喊了起來。

「蒙汗藥啊。」孟殷覺得很奇怪，幹嘛這麼緊張，「不用怕妳也跟著睡著啦。剛剛我幫妳下了預防用的蠱……」

……什麼時候？天啊～她還可以活多久啊？

看她張大了嘴，呆在那兒一動也不動，孟殷推推她，發現沒反應，只好把預備的墨鏡幫她戴上，自己也戴上了墨鏡。

然後拿出一根細細長長，有點像是錄音筆的銀製金屬棒子。

「喂！」劉非氣急敗壞的說，「你要幹什麼？你想幹什麼！你不要騙我沒看過MIB呀～」

「MIB？」孟殷有點糊塗，「我也看過啊。」他望了望手裡的棒子，哦了一聲，「不是啦。不是妳想的那樣……這屋子的人都睡著了，我是要消除誰的記憶啊？」

他笑笑的按下開關。

點端開始發亮，越來越亮，越來越亮。亮到連墨鏡都幾乎無法抵擋那樣強烈的閃光……

嬌媚卻陰森的笑聲，在睡眠如死的病房裡迴響著。劉非瞪大眼睛，嘴巴闔不起來。

光亮中，湧出一團更為輝煌的霧氣。漸漸凝聚成形，銀髮、綠眸，貓爪。長著巨大的蝙蝠翅膀。渾圓的大腿……膝蓋以下卻是馬的腿脛、蹄子。

白皙柔軟的臉龐，有著嫣紅的唇，血豔著。

她知道這應該就是蠱使魔了。雖然「夏夜」的師傅們幾乎都有一隻，但是他們對使魔抱持著敬意和戒心，不會隨便的召喚出來。

「呵呵呵呵……」妖豔的使魔嬌笑著，銀白的爪子輕輕點著下巴，「你怎麼還沒死？親愛的孟？」她飄飛於空，巨大的貓爪在孟殷的臉上輕滑，「你死了我才有自由呢……」

「妳都還沒死，我怎麼敢先死呢。」孟殷笑瞇了眼睛，滿是溫柔。「狂夢啊，我有事要請妳幫忙。」

被喚為狂夢的使魔在孟殷耳邊呼著氣，「你先解除我的束縛再說。」

「妳先完成我的事情再說。」孟殷依舊笑咪咪。

狂夢的臉沉了下來，原本嬌豔如春的容顏，籠罩著恐怖而陰暗的殺氣。她尖嘯一聲，日光燈管應聲而破。

「吃掉她的惡夢吧。」孟殷不為所動，指著躺在床上的瘦小女孩。她闔目躺著，全身纏著各式各樣的維生儀器。

還在發抖的劉非看了她一眼，覺得有點眼熟……

是她。那個抄襲者。

狂夢飄飛到那女孩的上方，注視著她蒼白的臉。然後轉頭惡毒的看孟殷……她頭轉身未轉，所以，她的頭靈活的轉了一百八十度，從背的上方怨恨的看著。

劉非第一次看到這種場景，嚇得抓住了孟殷的衣袖，簌簌發抖。

颼的一聲，狂夢憑空消失，化成一道輝煌的霧氣，沒入女孩的身體裡。

「原來妳也會怕呀？」打破窒息般的寂靜，孟殷笑得很歡。

劉非被笑得面紅耳赤，狠狠磨了幾下牙齒，卻更死命的抓著孟殷的袖子。

「狂夢只是作作樣子，她沒辦法作什麼啦。」孟殷拖了兩把椅子過來，「她不可怕，只是有點煩人而已。等等要來的才比較可怕呢……」

「還、還會有什麼？」劉非打著顫，乾脆抱住孟殷的手臂。

朝下困擾的看了看劉非，孟殷搔了搔腦袋。他這個暴力女學生面對小愛都毫不動容，又拖又踹又罵的牽回家……不怕會吃台灣黑熊的小愛，卻會怕狂夢……

「莫非妳怕鬼？」孟殷脫口而出，劉非馬上一聲尖叫，一把鑽進他的懷裡。

啊哈哈……她跟小愛還真的有點像。小愛聽到打雷也會嚇得跳上他的膝蓋發抖。但是你知道，兩公尺高的蜥蜴跳上膝蓋實在有點吃不消。

或許，越凶猛的雌性生物越有克制的法門，萬物相生相剋嘛。不過小愛跳上膝蓋和劉非鑽進懷裡……還是劉非鑽到懷裡的感覺比較好。

他很享受的抱著劉非，摸著她的頭髮，好香，又好軟。像是貓咪剛洗好澡，抱起來那股舒服勁兒。

其實女孩子真的很可愛，尤其是嚇得渾身發抖，不會打人的時候……

「鬼、鬼在哪？」她嚇得眼眶裡滾著淚水。這是她的死穴，非常非常非常怕鬼。

撓了撓頭，「呃……」該告訴她就快出現了嗎？萬一她昏倒怎麼辦？不對，剛幫她下了蜻螟蟲，她連睡覺都不能了，何況是昏倒。

這情形有點麻煩……

「怕鬼還來『夏夜』？」他有些歉意，「我不知道妳怕鬼，知道就不帶妳來了。」

不過有點來不及。因為，門開了一條細縫，發紅的眼睛在黑暗中閃爍如鬼火。

「你竟然……你們竟然……」乾澀的聲音像是刮玻璃般的刺耳。「你們竟然敢……」

劉非顫顫的回頭望，大腦輕輕叮了一聲，卻昏不過去。她只能瞪著門縫的血紅眼睛，和扁扁的、打爛肉醬似的身體擠過那條不到五公分的縫兒。

她連叫都叫不出來，死命抱住孟殷的脖子，簡直要掐死他。

嗯，她跟小愛真的很像。上次小愛因為打雷，讓他的脖子上了一段時間的護頸。好不容易將她抓下來，塞到身後，但是劉非又撲上來抱住他的後腰，讓他連路都不能走了。

哎，女人。不論大小都是麻煩的綜合體。

尤其是女鬼，天。特別不講理。

不過對待鬼魂這樣的異常存在，對於不是道士的孟殷，只有兩種辦法。一是談判，二是賄賂。

他耐著性子，準備跟這個怨氣沖天的厲鬼談判。

「有什麼話好好說嘛。」孟殷拿出一枝粉筆，朝地上畫了條線。血肉模糊的女鬼像是遇到什麼障礙，徒勞無功的對他吼叫。

「叫也不能解決事情，是不是？」孟殷好聲好氣的勸著，「妳是在哪裡看到『怨瞋咒』的呢？這不是第一次吧？二十年前……妳也用了自己的性命引爆一次，對不對？」

女鬼停了下來，血紅的眼睛精光大射。

「我說對了吧？」孟殷想上前一步，無奈被嚇得發僵的劉非抱得死死的。「我知道妳很恨，很怨。」他仔細的觀察女鬼，「李佳欣……是妳的女兒？」

聽到這個二十年前就自殺的名字，女鬼突然激動了起來，什麼杯子茶壺，可以飛的東西都在天空亂飛，孟殷還被砸了好幾下。

「不是！我不是！」糜爛的臉孔滑下混著膿血的眼淚，「我若是她的母親，怎麼會不知道那個畜生對她做了什麼？我怎麼會因為她懷孕把她打得死去活來還讓她離家出走？我有什麼資格當她的母親？我不是——」

「後來呢？」孟殷的聲音很溫柔，「妳怎麼還能發動『怨瞋咒』呢？一條命發動一次。而且還指定直系血親才行呢。」

「……我殺了那個畜生。」溫柔的聲音起了很大的作用，女鬼安靜下來。「因為他也想對我的小女兒……我殺了他。我沒有後悔……」她呆滯的拿出一顆頭骨，「我只後悔沒有早一點發現、沒有早一點殺他……」

沉默在病房裡蔓延著。劉非勉強咽了口口水，張開閉得太緊所以發酸的眼睛。但是，她又不敢看「那個」，只好盯著孟師傅看。

像是察覺了她的眼光，孟殷轉過頭，側著看差點嚇暈的學生，和藹的對她笑了笑，拍拍她緊緊摟著自己的手。

劉非幾乎是馬上漲紅了臉，耳朵一陣陣的發燒。這個時候……她覺得這個非常沒常識、神經不太正常的師傅，真的很強大，令人信賴。

「她是妳的外孫女吧？」孟殷的聲音越發溫柔，「她的苦楚和傷害觸動了妳的舊痛……但是妳要知道，她並非沒有過錯。」

「她的過錯應該死嗎？」女鬼陰側側的，「你們、你們……你們等著看戲、看血腥的戲！你們在等待她死，巴不得她死！人言可畏人言可畏人言可畏！」

她尖嘯著跨過了粉筆畫下的界限，全身立刻起火燃燒。但是她卻猙獰的撲過來，完全不顧身體的焦黑。

劉非整個嚇軟了，但她沒有逃走，反而掙扎著要往前竄，孟殷訝異了一下，環著她的肩膀，溫和的阻止她，輕喚著，「狂夢。」

一隻巨大的貓爪突然從昏迷不醒的女孩身體裡竄出來，殘忍的抓住女鬼的腦袋，逼她的眼睛從爪縫裡擠出來。

「輕點，放輕點，狂夢。」孟殷輕聲呵斥，「女士，請妳冷靜聽我說。殺人不是唯一的解決方法。再說，若是殺掉那個可恨而狂妄的人，卻賠上了外孫女的命……那不是很不值得嗎？」

女鬼停止了吼叫，掉出眼眶的血紅眼睛瞪著，「……你胡說！我明明有這個……」她激動的舉起手裡的頭骨，「我明明有！我留著這畜生的腦袋就是為了……」

「詛咒不像妳想像的那麼簡單。」孟殷搖著手指，「他死太久了，而這種貪婪而黑暗的咒，要求的是新鮮的生命啊……」

前。

他想往前走，但是抱著他側腰的劉非已經石化了。他只能費力的拖著她一起走向

示意狂夢放開她，孟殷掏出一把木梳，撫慰似的幫女鬼將額前的髮梳上去。「放手吧、寬恕吧……不為了別人，為了妳一再回顧的小女兒和外孫女啊……」

隨著梳上的頭髮，女鬼糜爛的臉孔漸漸恢復成生前的模樣。劉非看過李佳欣的照片，那個宛如天使般的可愛女孩，卻沒有繼承到母親一半的美貌。

她臉上有著勞苦的風霜，卻依舊那麼美，美得非常悲愴。「……我沒資格愛她們。我只顧著賺錢養家，完全沒有注意到那個畜生正在毀滅我的女兒……難道她還不夠不幸嗎？為什麼？為什麼……為什麼這樣殘忍的逼死她……」

「我恨那些人！」她美麗而悲傷的臉孔，縱橫著瘋狂的淚。「我恨那些用語言殺人的人！」

「啊，儘管恨吧。」孟殷溫柔的幫她梳頭，「等妳盡情恨過，再也不恨的時候，如果需要人幫忙，請來找我。」

他的眼神這樣悲憫，「哪怕妳已經死了，妳的小女兒還是需要妳，妳的外孫女也需要妳。」活著的人需要祖先的庇佑，哪怕只是一種安慰。

「我沒資格……」摀著臉，她發出悲鳴，「我沒資格當媽媽……」然後消失了。

初秋的風從破掉的玻璃窗吹進來。滿地狼藉，但是病人們卻依舊呼呼大睡。

孟殷在劉非的眼前晃了晃手，發現她沒昏倒，但是愣著眼睛，僵住了。她……還真的很怕鬼。

把心不甘情不願的狂夢收回來，並且打電話給大師傅，要他派人來善後。等忙完了，還抱著孟殷側腰的劉非動了一下。

「呃，我突然想到。」她的大腦好不容易能夠運轉。「詛咒解除了？」

「對啊。」很久沒有這麼認真工作，認真到肚子餓了。這個時間還有什麼地方可以吃飯呢……去吃港式飲茶？

「那病人會痊癒吧？」劉非轉動了一下脖子，發出咔咔的聲音。她僵住太久，脖子都發疼了。

「嗯，大約兩個小時左右就會立刻恢復原來的尺寸吧。」孟殷心不在焉的回答，還在盤算哪家的港式飲茶比較好吃。他算是出差，經費可以報帳的。此刻不噱，更待何時……

劉非忘記全身僵硬的痠痛，瞪著孟殷的臉。兩個小時？也就是說，還在恐龍蛋裡頭飄啊飄的手指，兩個小時後會恢復正常人。

那個恐龍蛋可是「夏夜」研究院的得意研究產品，號稱穿甲彈也打不穿。在那個小小的容器裡……能夠塞得下一個成年男人嗎……？

「決定了，吃福華的港式飲茶好了。」孟殷很開心的招計程車。

「飲茶？」劉非的手指快要掐進孟殷的手臂，「師傅！兩個小時後那個病患就會恢復正常啊！」

「我把他治好了不是嗎？」孟殷困惑的看著她，「大師傅只要我把他治好。」

「……你覺得，他在恐龍蛋裡恢復成正常男人的體積……」

「會被擠成一團肉醬吧。」孟殷點著下巴，「這算是併發症死亡。」死亡證明書就這麼開好了。

鐵青著臉，劉非拉著他在大馬路上硬攔了一輛車，十萬火急的趕回研究所，並且在最後五分鐘打開恐龍蛋，將那根手指撈到病床上……

幾乎是一撈上病床就砰的一聲，恢復成正常的體積尺寸。

劉非跪坐在地上，呆呆的望著天花板。差一點點……只差一點點欸。

「妳怎麼這樣，我都想好死亡證明書怎麼填了……」孟殷眼淚汪汪的，「我想去吃飲茶呀……嗚……」

望了望一點常識也沒有的師傅，劉非把臉埋在手掌裡。

其實，她比較想哭。

雖然很考驗心臟，不過，她又成功的在孟師傅手底搶救了一條倒楣的人命……這也算是一種功德吧？

＊　＊　＊

「你騙她。」一個月後，在圖書室看書的劉非，扁著眼睛拿書給孟殷看，「她的咒根本用不到她外孫女的性命。」

「對啊，我騙她。」孟殷臉不紅氣不喘，「談判本來就含有善意的欺騙成分。」

「喂，你連鬼都騙啊！」

「妳要我治好病人啊。」孟殷支著頤，「我也不希望她再殺人。」他嘆了一口很輕的氣，「因為她一直在哭。」

劉非望了望窗外，秋天了，滿山的槭樹豔紅。白芒蒼蒼，風聲一陣陣的呼嘯，讓她想起那位李女士悲愴而瘋狂的哭聲。

「你要吃什麼點心嗎？」劉非關上了窗戶，「我只會烤小餅乾喔。」

「我還要紅茶。」他馬上追加。

「好。」

女人，不管是多麼小的女人，都是可愛又可怕的。或許他不是討厭女人吧？相反的，他還很喜歡她們。

但是，女人。她們溫柔的時候越可愛，瘋狂的時候就越可怕……

能夠保持多久呢？可愛的劉非，在妳長大之前……能夠保有多久的清明呢？他實在很想知道。

第二章　「痴病」是絕症

劉非躺在床上，非常的絕望。

她已經快一個月沒闔眼了……當然，她的身體並沒有出什麼狀況，但是需要「睡眠」，是人類的本能。

她真的很想睡覺，很希望可以睡覺。

深夜裡，萬籟俱靜。靜得可以聽到自己的心跳，還有……隔壁房間的鼾聲。

這個可惡的罪魁禍首、一切災禍的來源！劉非的怒氣高漲起來，恨不得立刻衝進師傅的房間……把他拖起來，惡狠狠的痛打一頓。

她會非自願的失眠一整個月，都是孟師傅完全沒有常識濫用蠱毒的緣故。

就是那個該死的蜻螟蠱！為了抵抗蒙汗藥，孟師傅偷偷的在她身上下了所謂預防用的蠱，卻沒想到她的體質對這個特別過敏，以至於什麼樣的解法都無效，反而讓她過敏的更嚴重，長疹子、拉肚子……甚至還長出濃密美麗的……鬍子！

「……五綹美髯欸。」孟殷張著嘴望著她，即使是這樣驚慌失措的她看起來，也不得不承認她這個腦袋缺角的師傅很漂亮……但是這樣漂亮的師傅居然抓起數位相機和筆記拍個不停也寫個不停，再美麗也沒辦法澆熄她的怒火。

「你給我想辦法！」她一面大聲的哭，一面追扁到處亂竄的孟殷，「我、我怎麼見人？我不敢出去買菜了啦……哇～」

被揍得鼻青臉腫的孟殷也覺得情形很嚴重。雖然長出五綹美髯這樣的副作用很值得研究，但是比起劉非不能去買菜，這種研究題目真的隨時都可以拋棄的。

他很認真的尋找解法，終於在劉非被整掉半條命之前，讓鬍子不再冒出來了。雖然每天早上劉非都哭著刮鬍子，刮了一個禮拜才平息不再生長，起碼是可以出門見人的程度了。

「呃，副作用是解決了。」孟殷苦惱的看著他的女學生，「但是蛕螟蠱還得再研究研究。」

「不要過來！」劉非逃遠些，「蜻蜈蠱是怎樣？是終生有效還是代謝得掉的？」

「可以代謝掉啊。」終生有效的蠱很難做欸，他哪有時間去弄。「短的話一週。」

早就不知道過了幾週了……劉非顫著聲音，「長的話呢？」

「半年吧。」孟殷不太肯定。

劉非深深吸了一口氣，即時的性命之憂和半年不睡……她寧可半年不要睡覺。

不過這個時候，她又不是那麼肯定了。

嘆了口氣，她翻身。天氣越來越涼了，山裡的風又特別大，總是拍著窗戶，發出類似嗚咽的聲音。

「嗚……」若有似無的啜泣聲，讓正想起床的劉非為之一僵。那不是風聲。

她想轉頭，但是身體不聽使喚，只能微微偏著眼睛，瞪著聲音的來源。在她的床尾，一雙幽怨的大眼睛看著她，又啜泣了一聲。

這裡只住了她和孟師傅，每天她都很當心的把門窗鎖好才去睡覺。臨睡前，她還巡邏了一遍才上床……

她是誰她是誰她是誰她是誰她是誰她是誰！

她慢慢的漂浮起來，白洋裝、長頭髮，蒼白的臉頰沒有半點血色。慢慢的、慢慢的逼近劉非的臉，被她陰森的鬼氣一逼，劉非的臉孔凍到刺痛。

「睡不著啊……我睡不著……」

大腦輕輕叮的一聲，但是劉非很痛苦的發現，她沒辦法昏倒。甚至因為驚嚇過度，連聲音都不見了。

她愣了大約五秒（這大約是她生命中最長的五秒鐘了），霍的一聲跳起來，完全忘記自己還拖著被子，踉踉蹌蹌的衝進孟師傅的房間，連人帶被跳到孟師傅的身上。

被嚇醒的孟殷還搞不清楚狀況，意識不清的摀著自己的臉，「說好不打臉的！妳買的白木屋蛋糕是小貓吃掉的，我只吃了一點點屑屑……」

劉非根本沒聽懂他說啥，只是火速鑽進孟師傅溫暖的懷抱，死死抱著他，拉都拉不走。

「我要死了……我快被妳掐死了！」孟殷拚命掙扎，「怎麼了啦？」這下子，他終於清醒了，「幹嘛？看到鬼了？」

聽到那個她死都不敢想的字，劉非終於得回她的聲音，發出非常淒慘恐怖的「哇——」

孟殷後悔來不及掩上耳朵。高分貝的噪音果然容易造成類似暈車的暈眩效果。他的聽覺神經不知道有沒有受損……

佛家獅子吼，我家劉非叫。說不定這兩者有相同的功效……他相信，就算有什麼妖魔鬼怪也被嚇跑了。最少睡在他床底下的貓全部從沒關上的房門跑了個無影無蹤，還有跌到樓梯下的聲音。

一根一根的將劉非快掐進他肉裡的指頭扳開，「……我去看看。」

「不要不要！」劉非像是發瘧疾一樣狂抖，「萬一她來怎麼辦……？我、我……」雙眼一翻，她因為過度驚駭和恐怖昏倒了。

看起來蜻螟蟲自動分解了，時機還真是剛剛好呢。他打著呵欠，走到隔壁房間看看，已經「人」去樓空。

現在呢？抱著胳臂，他苦思著該去劉非的房間睡覺，還是把劉非抱回去睡……一陣冷風吹來，打了個哆嗦，他鑽進被窩裡。

被窩多個人是比較暖和。擁著劉非，他睡熟了。

還在濃睡中，孟殷的下巴挨了一記漂亮的肘擊，外帶一個大力金剛腳，把他踹出了溫暖的被窩。

他坐在冰冷的地板，眼冒金星的看著站在床上張牙舞爪的劉非。

「你為什麼在我的房間？」劉非又氣又怒，非禮呀～

「……這是我的房間，小姐。」孟殷摀著疼痛的下巴，「妳正站在我的床上。」

咦？劉非有點糊塗，為什麼我會……她一點一滴的想起那雙幽怨的大眼睛，飄過來的臉孔大特寫……昨晚，她看到了「那個」。

「哇～」她發出淒慘的叫聲，一把跳到孟殷的懷裡，讓孟殷的後腦勺和地板有了最親密的接觸，真的是非常響亮的一聲。

這算飛來豔福？孟殷兩眼無神的看著天花板。劉非不算重，但是從床上跳到他的身上，重力加速度的加持之下，他的肋骨發出哀鳴，纖細的脖子差點折斷了。

從腹腔到胸腔、脖子到後腦勺，沒一個地方不痛。天外飛來的，果然只有橫禍。跟女人扯上關係從來不會有什麼豔福。唉……

或許是因為劉非自悔出搥，早上的早餐真是驚人的豐盛。讓垮著臉的孟殷吃得眉開眼笑，非常大度的原諒了她。

白天的時候，一切正常。孟殷正在實驗一個新的蠱，鑽進實驗室裡簡直廢寢忘食，劉非忙著打理家務，還有視訊教學要跟，功課非常重，也完全忘記了昨晚的驚駭。

只是，當夜幕來臨的時候，同樣的時間，同樣的幽怨大眼睛和大特寫，同樣的，叫不出來的劉非衝進孟殷的房間，在他已經瘀青的胸口再一次的重創，也同樣的，讓孟殷的耳膜接受了另一次嚴酷的考驗。

如此一個禮拜，有了充分睡眠的劉非精神奕奕，嬌豔如門口的茶花。但是她的師傅孟殷先生，有了抵達臉頰的黑眼圈，像是枯萎的玫瑰。

「……我看，還是把那個鬼叫來問話吧。」

劉非跳了起來，緊緊的貼在牆上，死命的搖頭，淚如泉湧，還隨著她飛快的搖頭拚命亂灑。

孟殷頹下肩膀。他是不介意天天抱著劉非睡覺，但是他很介意每天一早被海扁一頓。

「那我叫小愛來看門吧。」他沮喪了，「小愛是螭，可以防範妖魔鬼怪。」

「你說小愛是什麼？」劉非忘記掉眼淚，張著嘴。

「螭，螭龍。不過龍算是爬蟲類，說是蜥蜴也沒什麼不對……」

……你說，那隻兩公尺高的蜥蜴是螭龍！難怪牠怎麼看都不像是蜥蜴啊！

「你為什麼會養……」劉飛的嗓眼乾澀。

「呃……」孟殷心虛的轉頭，「那不重要。」

爬了五、六座山才找到正在跟熊打架的小愛，牠又哭又嚷的被拖回去，孟殷好聲好氣的說了兩車好話，才讓牠心不甘情不願來守門。

但是連螭龍的守護都沒有用。那個女鬼，還是準時的來探望劉非，也讓她準時的衝進孟殷的房間。

這次一定要徹底解決。孟殷黑著臉爬起床，劉非像是八爪章魚似的拖在他的後腰。

「妳要來嗎？」孟殷不大確定的問，「我要去找那個女鬼談談。」

劉非馬上鬆了手，飛奔下了樓梯，打開大門，撲進小愛的懷裡，庭院裡迴盪著小愛驚恐的慘叫。

……不怕螭龍，卻這麼怕鬼……孟殷無言的拉開劉非的房門，和那個透明發著微光的幽魂面面相覷。

如果不要去注意她呈現的透明狀態，坦白說，儼然是個楚楚可憐的美少女。

但是女人就是女人，長得好不好都相同的會惹麻煩。孟殷自棄的嘆了口氣，「……小姐，我的學生是不是得罪了妳？她非常怕你們……若是她無意中失了禮數，直說就是了。我會押著她去跟妳賠個不是。何必天天來嚇她呢……？」

幽魂偏著頭，像是聽不懂他說什麼。粉櫻花白的唇怯怯的吐了幾個字，「睡不著……我睡不著啊……」

不管孟殷說什麼，她的回答翻來覆去就這幾句。

無法溝通的幽靈最麻煩了，孟殷比她還幽怨。鬼魂又沒有在報戶口，他沒辦法找管區查。

其實她也沒惹什麼麻煩不是嗎？若是他自己遇到了，不理她就是了。但是他那個超級怕鬼的學生，只會慘叫著衝進老師的房間。

是什麼引她來的呢？環顧劉非的房間，很普通的女孩子擺飾，也沒什麼出奇的東西。

山嵐吹拂過樹梢，發出啜泣般的聲音。她飄了起來，隨著風上下，無力控制自己的方向。

像是悲哀凝聚成風，讓她身不由己。

看著下弦月，她喃喃著，「我想睡，我想忘……」隨風而去，她若有似無的嬌弱聲音裊裊。

「我想死。」

然後就不見了。

搔了搔頭，真麻煩。她不是有什麼緣故才被吸引來，只是隨著北風進入這個山谷裡的研究所，然後又隨著風離開。她又沒做錯什麼，叫狂夢吃掉她太過分了。

叫劉非換個房間好了……他下樓，把快被勒死的小愛搶救出來。一頭螭龍和一個女孩涕淚泗橫的一起爬到他身上。

「呱呱呱呱～」小愛比遇到打雷還怕，牠哭哭啼啼的用龍語訴說劉非恐怖的跳到牠身上，還差點空手扼死牠這種珍貴瀕臨絕種的物種。

「嗚嗚嗚嗚～」劉非緊緊的抱住他的腰，剛剛那個飄飛起來的幽靈又差點把她嚇死了。

…………孟殷覺得，該哭得應該是他才對。男人，你的名字叫做命苦……

＊　＊　＊

他讓劉非換個房間睡覺，但還是擋不住那位幽靈小姐的造訪。不知道是為什麼，幽靈小姐特別喜歡劉非，不管她換到哪個房間，都可以準確的搭乘北風來找她。

然後相同的戲碼每天上演，一點改善的跡象都沒有。

劉非有個最大的優點，不管遇到什麼樣的驚嚇，睡一覺醒來就可以忘個乾乾淨淨，生龍活虎，一點心理性傷痕都不會有。但是每天早上被固定海扁的孟殷受不了了。

「妳來跟我睡好了。」他萬般無奈的提議。

雖然劉非殺人似的眼光讓他膽怯，但是問題總是要解決的。「反正妳到半夜還不是衝進我房間……乾脆直接睡在這裡。我打地鋪，行了吧？」

對生活的一切享受都可以不要，但是睡眠這件事情一直最最注重。他有張舒適的雙人床，超大加長型，睡三、四個人都沒問題。但是他不敢冒險提議要和劉非睡在同一張床上……

劉非驚人的怪力連螭龍都吃不消，何況他這樣一個柔弱的書生。

瞪了他好一會兒，劉非很掙扎了一下子。「……看起來也只能這樣。」

搬進師傅的臥室以後，除了睡地板的孟殷重感冒以外，果然那個幽靈小姐不再出現在她面前……

但是每天晚上，劉非都會毛骨悚然的驚醒。只有她和師傅一起住的研究所，空寂的走廊都會傳來衣衫窸娑、低低啜泣的聲音。

「睡不著……我睡不著。」

「我想睡，我想忘……我想死。」

她總是鐵青著臉，從寒冷的大床爬起來，拖著被子窩在酣睡的師傅旁邊發抖。

＊　＊　＊

「等風向改變，她應該不會來了。」孟殷打了幾個噴嚏，躺在大床上發燒，「反正熬個兩個月也差不多了……」

隆冬打地鋪不是好的主意。不過因為他的感冒一直好不起來，劉非愧疚的讓他回大床睡覺，至於她，藉口要照顧師傅，也和孟殷睡在一起。

只是怕鬼而已吧，這位小姐。說得這麼好聽……燒得昏昏沉沉的孟殷沒好氣。

自從孟殷病倒，劉非更忙了。孟殷的實驗沒辦法繼續，但是培養的蟲也不能少人照顧。還有一大票冬眠或沒有冬眠的寵物與非寵物要餵要看，還多了一個發燒的柔弱病人。

更糟糕的是，在這個時候，「夏夜」同等學力測驗也開始了，劉非忙了個焦頭爛額。

「夏夜」的學生和研究生年齡層很廣，從十五歲到八十五歲都有，還有一些是沒有受過正統教育的。為此，「夏夜」開了視訊會議形態的教學，讓所有的學生都可以接受有系統的教育，並且有各階段的學力測驗。

這個學力測驗不是考個試這麼簡單，往往要交大量的報告。她已經通過了國中和高中的學力評估，正在設法通過大學那一關，所以熬夜查資料寫報告是家常便飯。

不過，因為半夜總有在走廊徘徊的幽靈小姐，她將師傅的筆電抱到房間，挑燈夜戰。

她挑了一個知名女作家作為中文報告的題目，正在網路上尋找她的資料。當然，許多關連性的資料她也都點進去看……

然後她看到一張照片。

張大了嘴，隔了五秒才發出一聲慘叫。這聲淒慘的叫聲讓睡在床上發燒的孟殷彈了起來，「失火了？哪邊？」

沒辦法動作的劉非指著筆電的螢幕，僵住不動。

孟殷咳著，爬下床看向螢幕……每夜在他的研究所徘徊的幽靈小姐，笑靨如花的，從網路上的照片上，看了過來。

翻了白眼，劉非仰面倒了下去。

「有鬼啊～」一被救醒，劉非又尖叫了起來。

孟殷咳了好幾聲，「……在『夏夜』難免要跟鬼打交道。怕鬼就離開吧……」

「我不要。」劉非掙扎著，「除了『那個』以外，其他的眾生我都不怕啊。我專門研究蠱毒不行嗎？」

孟殷沒力的望她一會兒，「……那位小姐還活著欸……妳連生靈都怕，還能幹嘛……」而且研究蠱毒到了精深的地步，就得跟鬼打交道了啊……

大師傅才不管你研究什麼。派你去治的病就要治好，治不好就等著寫三尺厚的報告。管你是伊波拉病毒還是因果病，他只關心結果對不對得起國家的經費。

怕鬼怎麼在夏夜待下去啊……

「她活得好好的，」孟殷點了點螢幕，「身體可能比較弱，據說有氣喘的毛病。不過她的確還沒死。」

劉非下意識的迴避眼光，「……那她怎麼會每天跑來這兒嚇人？」

「不知道什麼緣故，」孟殷打了個噴嚏，「她不知道是一魂還是一魄離體了。隨著北風飄到我們這兒，又隨風飄回去。不過不管看起來多駭人，她也不過是生靈而已……」

說穿了，是活人。活人就沒啥可怕的吧？

「原來是這樣。」劉非鬆了口氣，「師傅，你別睡覺。」她推著爬回床還閉上眼的孟殷，「陪我去洗手間。」

勉強睜開眼睛的孟殷幽怨的看著她，「……這房間是套房。洗手間離床不到十步……」

「……我害怕。」

他無力的靠在洗手間外的牆壁上，掩著臉。這事情再不解決，他會英年早逝。

「狂夢。」等劉非睡熟了，孟殷有氣無力的呼喚。

「等你死了再叫我。」狂夢懶洋洋的聲音在燦爛的霧氣中響起。

咳嗽了幾聲，「妳不想看我慘兮兮的樣子嗎？」

她馬上就現了形，興致勃勃的看著病得委靡的孟殷。自從他收服了這隻夢魔，還把她拘在狂夢鳥的屍身中，成了蠱使魔，他對女人的美好幻想就算宣告完蛋大吉了。

邊咳著，他拉開大門，看著依舊在走廊遊蕩的幽靈小姐。「把她的惡夢吃掉。」她應該有著什麼樣的心結，所以才會離魂漂蕩。吃掉了惡夢，應該就會恢復正常吧。

狂夢端詳了她一會兒，「她沒有惡夢，怎麼吃？」

孟殷古怪的看著狂夢。他知道狂夢向來不甘不願，但是他們立了血契，狂夢沒辦法對他說謊。不過他還是懷疑的問了，「真的？」既然沒有代表心結的惡夢，為什麼她會離魂成生靈？

狂夢冷哼一聲，「我倒是可以讓她作惡夢，這就可以吃了。搞不好連魂魄一起下肚都有可能。」

「……妳看得到她可以作的惡夢？」

「哼哼，」狂夢冷笑，「不告訴你。」

嘖，女人。不管什麼種族的女人都一樣的莫名其妙、亂七八糟的愛記恨。夢魔的女人也一樣。

「算了，反正我也知道是什麼。不過是個男人罷了……」

狂夢瞪大眼睛，微微張著嘴，顯得非常性感。眼中寫滿了「你怎麼知道」。

哎，女人。不管什麼種族的女人都一樣的莫名其妙、亂七八糟的好呼嚨。夢魔的女人也一樣。

「妳沒事就在睡覺，當然不知道她的緣故。」孟殷聳聳肩，「夢魔還是比不上人類擅長收集資料……」

「誰說的！」狂夢尖叫起來，「我是誰？我可是夢境的王女！天下有什麼事情我不知道的？每個人的夢境都相通，而且在夢境是沒有人可以對我說謊的！有什麼我不知道的事情？」

「妳就不知道她的事情。」孟殷又打了幾個噴嚏，「但我知道她是為情所傷……」

「你也就知道那些人類媒體的八卦而已。」狂夢鄙夷的撇了撇嘴，「那些新聞記者懂個屁！他們寫些啥搞不好自己都看不懂，只能騙騙無知的讀者。我才是最知道來龍去脈的那一個！」

*　　*　　*

他倚著牆，手裡拿著一本剛看完的書。其實他很討厭國際書展，這種鬼地方又吵又亂，加上他的燒還沒退，更是頭昏眼花。

但是，事情總是要解決的。

簽名會已經開始了十分鐘，他一直望著那個讓他非常淒慘的女作家。

真令人驚異。一個體質虛弱的女子，都要四十歲了，卻像是不凋的花朵，保持著少女的面容和氣質。正因為這樣，所以看起來特別虛幻。

你見過白菊嗎？

先撇開傳統對菊花的偏見。你見過，盛開的美麗白菊嗎？有種白菊叫做「月之友」，當她極盛的時候，怒放的花瓣像是純白的火焰，宛如月光的呼吸。

瘦弱的枝頭幾乎乘載不住那種沉重的美麗，美得虛幻而朦朧。

像是具體而微的，將自己存在成迷離的秋夜。

連靈魂都乾淨的沒有情緒，只在夢裡才能見到的夢幻之花。

她就像是株安靜的白菊，這世間真不適合她。

「狂夢，她真的沒有惡夢需要吃掉嗎？」孟殷忍住喉間的咳嗽。

「等你死了我就告訴你。」狂夢欣賞著自己光潔的爪子。

這麼說，真的沒有了。孟殷踱了過去，排在等待簽名的行列之末。她溫柔的微笑著，耐著性子，一本本的簽著名，和讀者握手。她的聲音細軟如孩童，眼神居然這樣乾淨。

她的讀者幾乎都和她的氣質差不多，聲音輕輕的，很溫和禮貌的排隊著。人不多，原本這位女作家就不是名氣很大，但是看得出來，她擁有一小群堅貞的小眾讀者。

但是呢，這世界上記者是最沒禮貌的生物。他們根本不管排不排隊，湧到台前跟她訪問。她一面簽名握手，一面有一搭沒一搭的跟他們說話。

「對了，余先生也在會場簽名呢！」有個記者若無其事的問，眼中閃爍著惡意的狡黠，「季小姐不去跟他打個招呼嗎？」

簽名會場起了一股小小的騷動，幾個讀者湧起不忍或厭惡的神情，充滿敵意的望著這個揭人瘡疤的文化流氓。

季小姐的神情空白了一秒鐘，溫柔的笑了笑，「哦，或許等忙完再說吧。」

記者卻很不識趣的問，「妳有什麼話想跟他說呢？妳揭發了他劈腿的事實吧？跟他交往的時候，妳完全不知道他已經有訂婚的未婚妻嗎？據說你們交往了三年，當中從來沒有懷疑過？」

記者看著她越來越蒼白的臉孔，覺得可能有新聞可以挖了，「據說自從將余先生劈腿的事實爆料給媒體之後，妳消失了一年左右……有人提及妳精神崩潰住院了，可否談談經過情形？」

「喂，不要太過分了！」有讀者罵了起來，「你問這什麼問題啊！爛人！」

季小姐愣了一會兒，笑了起來，「都過去了，我也忘了。那時我還有點孩子氣，經不起一點打擊。讓大家擔心，真不好意思。」她楚楚可憐的欠了欠身，「等等再訪問好嗎？大家都等得有點久了，真抱歉……我還在簽名會中……」

出版社的工作人員也出面干涉，將記者「請」走了。

她繼續簽名，似乎情緒沒有什麼波動。依舊恬靜的笑，在讀者書上簽下秀氣的名字。

孟殷冷眼看著，輪到他時，他將剛看完的書遞給她。「……妳可還聽得見，人魚橫渡天空的歌聲？」

季小姐驚愕的抬頭看看他，露出一絲悽楚但是堅強的微笑，「已經聽不到了。」

孟殷也對她微笑，跟她握了握手，帶著書走了。

她的筆名叫做月季。作品空靈而虛幻，像是活在自己的世界裡。她的文筆很好，但是一直不怎麼紅。大家提到她的名字，只會記得一年前，柔弱的她，居然主動找蘋果日報爆料，大家才知道，她和當紅作家徐謹交往了三年。

這個時候，徐謹早已經宣布了結婚的消息，要跟訂婚六年的未婚妻步入禮堂。

誰也沒想到，病弱的永遠少女，會有這種勇氣反擊。但是這種反擊算是很笨的，各式各樣負面的批評接踵而來，出版社甚至暗示她精神有毛病，常常說她聽到「人魚的歌聲」，跟徐謹的交往也出於想像而已。

再熱鬧的新聞也只炒熱了三天，但她因此消失了一年多。

因為情傷而離魂嗎？孟殷有點困擾的搔了搔頭。但是觀察半天，她的傷口應該完全痊癒，並沒有因此陷在悲傷中。

那是為了什麼，她的魂魄還會隨著北風造訪他的研究所呢？

「……我是專門研究蠱毒的。」他喃喃著，一面將狂夢收回來，「既然沒事，不管比較好吧……」

他回家的時候比較晚，大老遠的，就聽到劉非的慘叫和小愛的慘叫。

像是完全沒有記憶的月季生靈，飄在庭院裡，憂鬱的望著歇斯底里的劉非。劉非狂叫著跳到更為歇斯底里的小愛身上。

月季柔弱的隨風漂蕩，嬌弱的聲音帶著鬼氣。

「我想睡，我想忘，我想死。」

在北風的啜泣中，空洞的回響著。

……看起來，沒辦法不管了。

「師傅……」劉非顫著聲音，「你、你又要出門？天黑前會回來吧？會吧會吧？」

換好衣服的孟殷看了看她，「……嗯，我去本部找朱師傅幫我開藥。燒雖然退了，但還是有點虛，實驗已經擱下太久了……」

這個向來凶悍的少女，眼眶裡滾著淚，一副可憐兮兮的樣子。對這種表情最沒有抵抗力了……孟殷自棄的嘆了口氣。

「妳不是該交報告了？親手交報告也比較有誠意。」孟殷走了出去，「去換衣服，我們一起去本部。」

劉非如蒙大赦，歡呼一聲就去換衣服。小愛昨晚就逃跑了，連最後的屏障都沒有……到頭來，最可靠也是唯一可以依賴的，只有這個非常沒有常識的師傅。

看她這麼高興，孟殷又無聲的嘆息。這麼怕鬼，怎麼在「夏夜」待下去呢？說是要去找朱師傅，其實也不完全是。他的感冒已經接近痊癒，燒也退了。只是他需要一點意見，畢竟他對鬼魂的研究並不專精，而月季的生靈又很不尋常……他需要同事的幫助。

悶悶的開了好久的車，終於抵達位居深山的本部。很氣派的占據了一整個山谷，外觀看起來完全是個占地廣大的大學。但是這裡面研究的東西都很超現實。

劉非一回到熟悉的本部，馬上活力充沛的喊，「我去交報告了！」

「嗯，晚點來朱師傅那兒找我。」孟殷揮了揮手，他轉身進了植物研究的大樓。

朱師傅正和他的夫婿葉師傅一起在溫室裡幹活，看到他又驚又喜。他們是同期的同學，而這個懶斷骨頭的老朋友寧願在家裡養他的毒禽猛獸，也懶得出來走動走動。

「哇，什麼風把你吹來？」葉師傅很豪邁的在他背上一拍，差點讓他栽進花肥裡，「看起來是『風邪』？」笑了起來。

「人家生病就夠可憐了，你還笑他。」滿臉傷痕的朱師傅輕聲呵斥，「來吧，等我洗洗手，幫你看一下。」

還是這樣溫和而靜謐的氣氛。本部一直都像是桃花源，避秦的人還是這樣人情濃郁。在這兒，他總覺得自己是混入白羊群的黑羊，外觀一模一樣，但是毛片就是不同。

喝了朱師傅的茶，他想了想，將最近發生的事情敘述了一遍。

這對夫妻想了想，「丟了一魂還是一魄，一點事情都沒有？」

「對，她很正常……說不定還太過正常了。」孟殷聳了聳肩，「離魂這種事情雖不常見，也不是多希罕的事情。古代的時候，管這個樣子叫做……」

「『失心瘋』。」葉師傅接上話，「這是我們的小組論文之一。」

「但是她沒事。」朱師傅也有些困惑。「孟，你也知道，這不是我和葉的專長。當初這個小組報告幾乎都是羅在寫的。羅才是鬼魂學的專家，我們兩個只會種田，你也只會養蠱。」

「我不想……」孟殷撇頭，話還沒說完，身後就傳來陰惻惻的聲音，讓人一陣陣毛骨悚然。

「這不是我的老同學孟殷嗎？」一個男人出現在陰影中，似笑非笑的，「回來也不打聲招呼，真見外啊。」

「啊，我才剛來，屁股還沒坐暖呢。」孟殷笑得粲然溫柔，「好久不見了，羅。你還在屍體上面拆骨頭玩嗎？」

（其實他真正想說的是「你這個陰魂不散的變態！」）

「是啊，真的是好久不見了。都不多回來看看老朋友。」羅師傅從陰影中走出來，長年研究鬼魂和幽靈，他的氣質也和他研究的眾生有些相似，像是伴隨著鬼火。

「你還沒被那些小蟲子咬死呀？」

（其實他真正想說的是「你這假裝女生的娘炮！」）

兩個人相覷，完全是皮笑肉不笑。空氣中流竄著電流似的殺氣，霹哩啪啦。

「呃……喝茶？大家……坐下來喝茶吧？」朱師傅尷尬的招呼，瞧見葉師傅有些忍俊不住，用手肘推了他一下。

全「夏夜」的人都知道羅師傅和孟師傅水火不容，但是真正的原因卻只有他們四個知道。

（大師傅可能也知道，但是他只關心對不對得起國家的經費……）

他們是同期進入「夏夜」的。容貌絕美的孟殷引起研究所很大一陣騷動。但是知道他是男生以後，騷動也漸漸平息下去。

埋首研究的羅，卻一直不知道這個殘酷的事實。

情竇初開的羅，第一眼就愛上這位飄逸美麗的高大「麗人」。他們四個分派在同一組，都是劉師傅的學生，日夜相處，但是內斂的羅，一直都沒讓人知道他的戀慕。後來葉跟朱告白，成了情侶。這件事情可能刺激到羅，讓他提起勇氣，也跟孟殷告白了。

至於過程，大家都不曉得。不過一個過度內斂的天蠍男（羅師傅是標準的天蠍座），告白應該不是普通程度的熱情。等朱和葉聽到兩個同學慘叫時……只看到孟殷慘白著臉，抓著襯衫的前襟衝出大門，刺激過度的羅坐在地上，張大了嘴。好一會兒才怒吼：「他是男的？」

呃……同學，他一直都是男的。你看他穿過裙子嗎……？不知道羅是怎麼告白的，把孟殷的襯衫釦子全扯掉了……

從那天起，這兩個人勢如水火，仇怨結得越來越深。

「呃……大家喝個茶冷靜一下吧。」朱師傅泡了一壺去心火的茶，希冀這玩意兒有用。

喝了口朱師傅的茶，羅師傅也冷靜了下來。差點因為發怒把正事給耽誤了，這可不行。

「打個商量，」羅師傅鬼氣森森的冷笑，「我有個學生離開了『夏夜』，所以我那兒可以再收一個學生。如何？聽說你什麼都沒教劉非……那把劉非讓給我吧？」

你這變態的傢伙……想把小劉非怎麼樣啊？孟殷臉上笑容沒變，卻把茶杯捏出裂痕。

「劉非還小著呢，先把基礎打好再說。等她通過大學學力測驗再教她也不遲呀。」他完全忘記劉非潛藏的暴力因子，只顧著七竅生煙。

「哼哼哼。」羅師傅滿臉鄙夷，「你還是跟以前一樣瞎。人都是有才能的，只是能不能觸發那個開關而已。你是真的看不出來，還是以為自己真是養蠱大師？『豢龍氏』的『孟殷』？」

總是滿臉笑嘻嘻，豔秀如女子的孟殷變色了。憤怒讓他的眼睛發出紅光，倒豎著爬蟲類似的瞳孔，閃閃宛如詭異的貓眼石。

「你到底想說什麼？」孟殷的聲音沁著霜冷。

「我說，你很瞎。你真以為你是學者？你只是仗著祖上的天賦，安著科學名字的巫師。劉非根本不需要跟從你，她是個天生的豢龍氏，和你仗著祖上天賦是完全不同的！她何止可以養蠱？她想要養天地萬物眾生都沒問題，根本不用學！」

孟殷的眼睛更紅了，豔麗的臉孔滿是殺氣。

「好了，別說了。」葉師傅膽戰心驚的出來打圓場，「羅，少說幾句……」

朱師傅掩著眼睛，頭一陣陣的發疼。所謂「豢龍氏」，乃是遠古為帝王養龍的世家，另有一稱為「龍官」。遠古靈獸還在人間的時候，豢龍氏負責侍奉、養育在人間的龍。龍為鱗蟲之長，蟲類多為蟲蛇，所以也服膺豢龍氏的養育和號令。

即使靈獸棄絕人間而去，豢龍氏的天賦還是一代一代傳下來，雖然因為戰亂流離、家道中落而人口凋零，傳到孟殷這代只剩下他一個血緣。但他的確是唯一的、貨真價實的豢龍氏。

雖然他本人痛恨這個高貴的身分。

但是羅特別喜歡拿這點刺激他，有回打架的時候，失去理智的孟殷差點殺了羅。

雖然害怕，她還是擠過去勸這兩個，但是好像誰也聽不進去……慘了，讓孟殷生氣起來，他們還有誰可以活呢……

孟殷眼中的紅光突然消失，瞳孔恢復了正常的尺寸。「你是羨慕呢，還是忌妒。」他笑笑的推了推眼鏡，「我不但是豢龍氏，還是劉非的師傅呢。好險喔，差點被你得逞。我若扁了你這個變態，大師傅說不定會把劉非交給你。那我不是害了小劉非？」

可惡……「你這娘炮就是要毀滅一個天才就對了？」羅師傅吼了起來，「她只有跟從我才會有出息！」

反正把臉撕破了，無謂的禮貌就可以不用ㄍㄧㄥ了。

「她在本部待了一年多，你不會不知道她怕鬼吧？」孟殷上下打量他，「跟了你這種和鬼沒兩樣的師傅，比見到鬼還能嚇壞她呢。」

「她只是不習慣！」

「她習慣你這種變態人生才會毀滅了！」

「你這娘炮有什麼資格說我變態？」

「你這變態有什麼資格說我娘炮？」

「你以前讀書報告都是抄我的！你這小偷！」

「哪樁實驗不是我幫你做的？你這強盜！」

「你三天沒洗澡！」

「你五天沒大便！」

「你……」、「你……」

這兩個罵紅了眼的男人完全忘記自己應該矜持的學者身分，非常低層次的越罵越像小孩吵架。葉師傅和朱師傅不知道怎麼勸，嘆口氣，坐下來喝那壺茶。

吵到最後，孟殷動了肝火，「劉非可是大師傅親自送到我家來的！有種你就去跟大師傅要人哪！」

「我不敢去嗎？」羅師傅霍然站起，「去就去！」

這兩個怒氣沖沖的男人，一陣風似的衝向大師傅的辦公室。剛從災區回來的大師傅正在喝藥湯。

「大師傅，劉非是我的學生吧？」孟殷氣勢驚人的衝進來，「她還沒畢業，我不准她轉去其他師傅那兒！」

「大師傅，劉非的天賦這麼好，為什麼派去這隻廢物那？」羅師傅氣勢洶洶的拍著桌子，「只要她跟我，一定能成為偉大的鬼學大師！」

這兩個繼續爭吵，大師傅的眼睛越來越扁。「秘書小姐，給我普拿疼和開水好嗎？」

每次這兩個一起衝來，他的偏頭痛就會發作。真倒楣啊……

「大師傅……」、「大師傅……」兩個男人搶著說話，激烈得幾乎要掀翻屋頂。

「夠了沒有！」大師傅忍不住吼了起來，屋頂的灰塵簌簌的掉下來，「你也叫他也叫，我要聽誰的？通通閉嘴！」

他深深吸了幾口氣，心裡一陣陣的哀怨。為什麼天才總是有輕重不同的瘋狂呢？

他最優秀的學生毛病都特別的多……

「你，」他指著羅師傅，「你要劉非轉去你那邊？你又不是不知道『夏夜』的規矩，還需要我講嗎？除非孟殷評定劉非不適合養蠱，提出申請，不然學生不可以胡亂轉學的。」

「又不是沒有例外！」羅師傅抗辯，「這是可以商量的……」

大師傅不想理他，「你啊，孟殷。你是來跟羅鐵吵架的嗎？你要問我的事情，問羅鐵不是比較好些？」

孟殷呆了一下，他還沒開口呢，大師傅怎麼會知道？

「你們兩個啊……白長了歲數，怎麼都還跟小時候一樣呢？」大師傅教訓著，「先在這兒反省，我出去辦點事情。有什麼話要說，等我回來再講……」他發著牢騷走出辦公室，帶上了門。

但是……他老人家帶上門也就算了，為什麼把門給鎖了？

「大師傅？」孟殷驚慌起來，「大師傅，你鎖門做什麼？大師傅！」

「你幹嘛臉色發青？」羅鐵也生氣了，「看到鬼嗎？大師傅，你把我跟這娘炮鎖在一起做什麼？」

「你們好好談談吧。」大師傅咳嗽兩聲，「等你們談完了，門自然就打得開了……」

叫了幾聲，牢靠的門動也不動。孟殷逃到房間最裡邊的角落，「你這變態，別過來！」

「死娘炮，你以為我喜歡過去？」羅鐵也吼了起來。

兩個人對罵了好一會兒，罵到用詞開始重複，有些詞窮，這才漸漸冷靜。大師傅說一不二，若是沒談完，他們大概要被鎖在這兒鎖到地老天荒海枯石爛。

「你到底要問什麼？」羅鐵很不耐煩，「趕緊問一問讓我走人吧！跟你呼吸相同的空氣真令人不舒服。」

「你搶了我的詞。」孟殷沒好氣的瞪他一眼，「我想問『離魂』。」

「離魂有什麼好問的？」羅鐵抽著菸，「失心瘋囉。」

「……離了魂，沒瘋。」

「重病？植物人？不可能，你胡說八道的動漫畫小說看太多？魂魄跑了是非常嚴重的事情，哪有可能一點異狀都沒有……」

孟殷搔了搔頭，把來龍去脈告訴了他。

羅鐵迷惘的看著他，仔細想了好一會兒，「真特別……真的很特別。聽症狀似乎是『痴病』。」

「痴病？」孟殷如墮五里霧中。

「你知不知道『遊園驚夢』？」

遊園驚夢出自於《牡丹亭》，《牡丹亭》又名《還魂記》，作者為湯顯祖，為玉茗堂四夢之一

內容講述杜麗娘遊園後感夢，與柳夢梅相戀，夢醒後因傷情病死，埋在庭院的梅樹下。她死後隔了段時間，書生柳夢梅在花園附近養病，拾到杜麗娘的自畫像，愛慕不已。杜麗娘死後情魂不散，深感柳夢梅的深情，夕至而朝離，最後為了長久在一

起，挖開了杜麗娘的墳墓，杜麗娘果然死而復生。

「這只是故事。」孟殷聳了聳肩，「哪有這種事情。」

「啐，笨蛋。」羅鐵鄙夷的看了看他，「我做過考據，這件事情的確有的。只是杜麗娘一直都沒死，活得好好的，吃得下、睡得著，健康的不得了。只是一直要等那個男人來娶她罷了。女兒不嫁人惹人閒話，父母只好謊稱她死了。什麼開棺死而復生，完全是騙那個笨書生的好戲罷了。不過呢，杜麗娘睡著的時候，的確離魂四處徘徊，這倒是真的了。」

「……你怎麼知道？」這種事情，找誰考據去？

「說你笨，你還真笨。」羅鐵罵了，「我問你，我研究什麼？」

「鬼。」

「那我再問你，當事人讓我招都招來了，是不是第一手考據？」

……果然是「鬼」故事。

「後來我研究了一陣子，發現這是『痴病』的後遺症。」羅鐵滔滔不絕，「當然不是每個有『痴病』的都會離魂。又不是拆拼圖，你以為離魂那麼簡單？除了『天賦』，還需要堅強的『心願』。」

「……那怎麼把『她』塞回去？」好吧，總算知道是啥毛病，但是他最希望知道的不是病源，而是怎麼解決他家的靈異現象。

「不發痴病魂魄自然就歸體啦。」

……說得好。失戀怎麼辦？忘記就好啦。如果真的這麼簡單，還有因為失戀自殺的人嗎？

「痴病醫不醫得好？」孟殷一陣陣的鬧頭痛。

「痴病是絕症。」羅鐵一口咬定，「就算從這一段痴清醒過來，很快就會陷入另一段痴。痴病是沒有救的。」

「你幹嘛那麼肯定？」孟殷感到頭更痛了。

羅鐵不答腔，想要開門，發現門還是鎖著的。因為他還沒把要說的話說完嗎……？

「……我當然肯定。」好一會兒，羅鐵開口了。「我剛來『夏夜』的時候，就愛上了你。這麼多年，這種感情都沒變過。」

孟殷呼的一聲貼在牆上，臉孔慘白。

「你不要以為我想對你做什麼！」羅鐵撇了撇嘴，「連碰一碰你我都覺得起雞皮疙瘩，想到我居然會愛上你……我就覺得非常噁心！但是又怎麼樣？我一方面討厭你、覺得想吐，一方面我卻愛著你，像是愛著一灘嘔吐物！他媽的我真像個變態……」

明明知道對方是那樣可惡、那樣不堪，那樣的令人痛恨和猥瑣。明明知道。但卻無法自拔的沉淪、愛戀，心心念念只有那個可恨的人。說不出是恨著對方，還是恨著自己……

無法痊癒，痼疾一般的痴病。

羅鐵一陣狂吼，突然覺得很輕鬆。原本鎖死不動的門，輕輕鬆鬆的打開了。他很瀟灑愉快的離開了辦公室，孟殷卻無力的癱在角落，很久很久。

後來……

後來孟殷抓著劉非逃回家，悶悶不樂了一整個禮拜。不管怎麼問，孟殷就是不說話，悶足了一個禮拜，他才說……

「不是女人麻煩，男人也是頂麻煩的……不，不對，是人類就很麻煩……我要獨居到死那天為止！」

獨居？「那要我回本部嗎？」劉非冷冷的說。

孟殷掙扎了一會兒，「……妳留下吧。我需要人做飯……」

劉非很豪爽乾脆的給了他一記漂亮簡潔的直拳。

* * *

羅鐵寄來了一顆種子，模樣很像美麗的珍珠。包著種子的信寫得很潦草，說這是叫做「月下美人」的萱草。交代一定要由劉非種下，而且要是個聚風納氣，遠離住家的地方才好。

選了森林中的一處小山谷，旁邊有道娟秀的流泉。那顆奇異的種子很快就抽芽長大，不到十天就有膝蓋高了，而且開始長出小小的花苞。開的花宛如白菊，只是花蕊細碎晶瑩，像是一顆顆的小珍珠。

後來，那個美麗而哀傷的生靈，就不再造訪研究所了。

不過，小愛告訴劉非，開滿花的山谷，許多想要忘記痛苦的鬼魂，會在那兒流連。而那個美麗的生靈，已經乾脆在那兒生了根，沐浴著月光紡織著療傷的夢境。

感冒也是一種絕症，絕症，又怎麼樣？那怕是斷了手腳、失了魂魄、破碎了心或靈魂，都還是可以勇敢的活下去。

這，就是人類。

第三章 貪婪

研究所裡養了一窩貓。

劉非剛來的時候，這幾隻小貓只有半個手掌大，怯生生的，咪咪的哭喊，每一隻的尾巴都是捲的。個子雖小，但是已經斷奶，食量還滿大的。牠們喜歡吃生肉，但是劉非覺得這樣不大衛生，總是將肉切碎蒸熟才餵貓。

漸漸的，她需要切的肉越來越多，每天煮飯給牠們吃像是大工程，以前劉非從來沒有養過貓，所以不知道貓的正常成長過程和尺寸。

但是再怎麼不懂，她也可以憑著常識知道一點……正常的貓，會長得這麼大嗎？

她來研究所快要半年了，而這群貓崽，卻已經大到超乎尋常，以前抱著她小腿吵吃的，現在快要抱到肩膀了。餵貓的食盆一路更換，現在已經乾脆拿臉盆來裝肉。

這……真的是「小貓」嗎？

「師傅……」她被低吼的「大貓」們團團圍住，吃力的餵貓，「師傅，我們養的真的是貓嗎……？」

正在吃早餐的孟殷眼神飄忽了一下，死死的盯著報紙，「……是呀。」

「貓會長這麼大嗎？」大小快要跟古代牧羊犬的尺寸差不多了，就算苗條一點，也沒苗條到哪去。

「……營養好嘛。」

真的是營養好？為什麼這些「小貓」開始長出毛茸茸的棕毛，那個貓掌有碗那麼大，身上還環繞著奇怪的雲彩花紋？

這到底是什麼品種的貓啊？

沒有多久，她終於知道了真相，巴不得將孟殷掐死。

就在某天早上，劉非突然發出驚天動地的慘叫，讓孟殷打破了一個試管，差點就讓鹽酸給毀容了。

他顧不得燒傷，臉色慘白的衝上樓，「怎麼了？怎麼了？」

「小、小豬……」劉非大叫，「我的小豬！」

孟殷看到一地的瓷器碎片，心裡暗暗喊了聲糟。劉非有個寶貝得要命的小豬撲滿，每天都很謹慎的往裡頭塞硬幣，那是她最珍惜的東西，連摸都不給人摸的。

但是那群「貓崽」不但把小豬給拱下來打碎了……還津津有味的吃著散落一地的硬幣。

完了，露餡了。更糟糕的是，劉非渾身都湧出猛烈的殺氣，他開始擔心這些毛團的安危。怕當然是很怕，但他還是硬著頭皮，搗著臉蛋，「我賠妳！我賠妳一隻小豬就是了！妳不要為了一個撲滿殺生啊～」尤其是別殺我呀……

「……牠們到底是什麼？」停止尖叫的劉非聲音意外的冷靜，卻讓孟殷全身汗毛直豎。

「啊就……」孟殷低低咕噥了牠們的名字。

「到底是什麼！」劉非大喝，那些巨大的貓崽通通嚇得縮成一團，還抱在一起。

孟殷幽怨的看著這群闖禍的小東西，和怒氣扶搖直上、一飛沖天的劉非……他也很想縮在地板上，和小貓們抱成一團。

「……ㄆㄧˊ ㄒㄧㄡ。」

「皮休？這是什麼……」劉非發了一會兒的愣，仔細想了想，不禁一陣陣氣得發昏，「貔貅？你在研究所養這種猛獸？你到底有沒有一點常識……」

貔貅乃瑞獸之一，又稱之為避邪。短翼、卷尾、鬃鬚、突眼、長獠牙，這幾年被捧成最強之催財風水吉祥物。江湖術士誇稱貔貅對催財、改運、趨邪、護身有特效。

但是再怎麼誇大，貔貅這種不該生存在人間的瑞獸，依舊保有著威猛的野性。不要忘記，這種猛獸連妖魔都退避三舍，想吃個把人的算什麼……

仔細一想當然沒什麼奇怪，這個超級沒常識的師傅都在後山養螭龍了，養幾隻貔貅當然……

但是為什麼養在家裡啊？這研究所常常有學生來實習欸！

「牠們還是小孩子呀，」孟殷爭辯著，「妳看，肉翅都還沒長出來呢……」

……跟古代牧羊犬一樣大、滿嘴尖銳獠牙的「小孩子」嗎？

轉頭看到她心愛的小豬撲滿……她忍不住悲從中來。沒常識的師傅、該死的瑞獸……

「你們通通給我滾！」她滿臉淚痕的怒吼，「今天你們都沒有飯可以吃了！」

她抄起掃把亂打，把抱頭鼠竄的師傅和嚇得掉眼淚的貔貅通通趕出去。

「……你們跑去吃她的小豬做什麼？」摀著臉的孟殷也想哭，「我不是拿銅板餵過你們了？」

這群小貔貅嗚嗚幾聲，狀似抗議。

「什麼？一塊錢不夠味道！拜託，你們吃的是錢、是很昂貴的錢欸！我養你們到底有什麼用處……什麼？要吃五十元硬幣？你們也講講理，胃口這麼大，誰養得起你們啊～」

這次真的把劉非氣壞了，她哭到下午才繃著臉，將小豬碎片掃起來包在報紙裡丟到廚房的垃圾桶，餓過兩頓以後，她總算煮起晚餐了。

劉非一怒，研究所的生物都瑟縮戰慄。不但那群小貔貅垂著耳朵表示懺悔，孟殷更是連大氣都不敢吭一聲。

在這種窒息般的氣氛裡吃飯真不是滋味，孟殷還比較希望劉非乾脆揍他一頓。

「……我賠妳一個又大又漂亮的撲滿好嗎？」他小心翼翼的問，「當然，也賠妳那些硬幣……」

「不用了。」劉非的語氣很冷漠，「沒了就沒了。」

「……不然，妳打我出氣？」

劉非看了師傅一眼，嘆了口氣。「是我不對，我不該發這麼大脾氣……又不是師傅打破的。」

她勉強笑了一笑，「我……我沒有真正的童年。所有的童年都是書上看來的……小時候看故事書裡頭，小孩子都有個瓷器做的撲滿，想要什麼就要打破小豬撲滿……」

其實，這是一種愚蠢的憧憬。別的孩子都有的童年，讓她很羨慕。她一直戰戰兢兢的過日子，從來不敢開口要什麼。所以，當她成了「夏夜」的練習生，有了一點津貼，什麼都捨不得買的她，買了一隻瓷器做的小豬。

這是她第一件擁有的、自己的東西。這也是她對於蒼白童年的一點點自我補償。

真是可笑又幼稚，對吧？打破了也好，她再兩個月就十六歲了，怎麼還這麼孩子氣……

「不要緊。打破就算了。」她強嚥下咽喉的一點哽咽，「只是一隻小豬而已……」

默默的吃過晚餐，洗碗的時候，她瞥見垃圾桶裡包著的碎片……眼淚卻不聽話的落下來。

我在哭什麼？有什麼好哭的？幾時我變得這麼嬌氣？我早該知道，我不會擁有什麼……這樣也好，我就不會失去什麼。

但她還是帶著淚痕入睡了。

因為她睡得早，所以不知道孟殷皺著眉看著那包碎片很久很久。最後，他從垃圾桶將那包碎片掏出來。

＊　＊　＊

第二天，劉非精神委靡的起床，眼皮紅腫。她垂頭喪氣的下了樓，孟殷正在餐桌旁邊看報紙，小貓……呃，小貔貅討好的蹭著她，一切都跟以前的早晨沒有什麼不同。

她打開冰箱……揉了揉眼睛，瞪著冰箱裡頭完整無缺的小豬看。

不敢相信的掏出來，果然是她的小豬……要很仔細很仔細看才看得出來，小豬有著非常細小的裂痕。

「……師傅。」

孟殷眼神飄忽的看旁邊，「哎呀，我很久沒有修復瓷器了。修得不太好也就算了……將就吧。」

劉非這才注意到，孟殷的眼睛，充滿了熬夜的血絲。她訥訥的，「……為什麼……」

他有點困窘的咳了一聲，裝得若無其事。「因為那是妳重要的小豬啊。妳喊我一聲師傅，就是我的小孩。替自己孩子修好心愛的東西是應該的嘛……」

劉非垂著頭，抱著小豬。不說話，也不動。

我最不會安慰人了。孟殷有點傷神的想。「其實……妳不用這樣硬撐嘛。妳才幾歲？就算孩子氣一點也是應該的，因為妳本來就是孩子啊……」

糟糕，本來想安慰她，結果害她哭了。這讓孟殷有點慌了手腳。別人是怎麼做的？哎哎……

對了，葉師傅的小女兒哭的時候，他好像是這麼做的……

他拉過劉非，將她抱到膝蓋上，有點笨拙的說，「乖喔，不哭喔，秀秀……」一面揉著她的頭髮。

劉非抱住小豬，眼淚卻更洶湧。或許……她一直渴望可以這樣。有人抱著她，在她傷心或痛苦的時候安慰她。

「我不是小孩子……我不是小孩子……」她喃喃著，卻泣不成聲的偎在孟殷的懷裡拚命哭。

女人，不管是多小的女人，全都口是心非。孟殷默想著。但是她哭的時候，那樣可憐兮兮，像是大雨滂沱下的無助貓咪。

就說了，對這種可憐兮兮的表情，他最沒有抵抗力了。

孟殷輕輕的，嘆了口氣。

劉非的適應能力很好。

最初的驚駭沒維持太久，第三天她對待那群小貔貅和對待貓崽根本沒兩樣，即使知道牠們是凶猛的靈獸，但是這個堅決又嚴厲的少女還是抓著貔貅脖子上的毛皮，將那些滿是獠牙和利爪的傢伙拖去洗澡。

就算貔貅掙扎反抗之後把她的手臂抓破了，也沒讓劉非害怕，反而激起她的怒氣。

「你敢抓我？你不想活了嗎？你別忘了你從巴掌大就是我在餵的！」她朝著貔貅巨大的腦袋乒乒乓乓巴了好幾下，「再抓我就拔光你的指甲和牙齒？什麼眼神？你以為我辦不到？」

嗚嗚哭泣的貔貅不敢反抗了，被她一隻隻的抓去猛刷猛洗，小靈獸們哭，劉非吼，整個院子真是熱鬧到要炸了。

……總覺得她有野獸般的活力和恢復力。滿臉黑線的孟殷連望都不敢望窗外，默默的在充滿嘶吼迴響的實驗室工作著。

大師傅打電話來的時候，懷疑是不是第三次世界大戰在孟殷的研究所開打。

「……你在做啥？為什麼我聽到猛獸的吼聲？你又養了什麼？」

「……劉非。」他據實以告。真的，這屋子最猛的猛獸是他的學生，這個殘暴的女王統治著他們的腦袋和胃。

大師傅忍了忍，終究還是爆發了，「你在開玩笑嗎？」

「啊？聽起來像笑話嗎？」孟殷搔了搔頭。

大師傅的青筋浮了出來，他懷疑自己是哪根神經不對，會收孟殷當他的學生。「劉非有辦法吃掉這麼多伙食費嗎？你的請款單是怎麼回事？一個月吃掉了半噸的肉！坦白講，你到底養了什麼！」

孟殷縮了縮腦袋，硬著頭皮回答，「……就幾隻貓和蜥蜴……唔，還有蛇和蠍子、蜘蛛等……」

這個「等」，實在是令人不得不懷疑。

「……罷了，我現在沒空去看，別讓我逮到你又偷養什麼毒禽猛獸！」大師傅吼著，「聽著，等等有個『大人物』派人來接你。你跟著去出診看看。」

「大師傅，」孟殷有點不高興了，「我們做學問的人要有點風骨，不要什麼政客叫了就去。我們又不是他們家養的狗……」

「我們是龐大國家機器中的腐敗教育制度下的貪婪副產品裡面的寄生蟲旁邊的小嘍囉。」大師傅冷酷無情的回答，「而你是龐大國家機器中的腐敗教育制度下的貪婪副產品裡面的寄生蟲旁邊的小嘍囉所教出來的笨學生！」

孟殷默然了一會兒，「……大師傅，你相聲是不是聽太多了？」

大師傅爆炸了，「你不出診的話，你就等著我砍掉你所有的伙食費預算！」他咬牙切齒的摔了電話。

……大師傅的血壓是不是要升高了？這樣很容易中風欸。孟殷深深的為他的健康擔憂了。

「大師傅打電話來嗎？」劉非全身溼答答的進來，「你又惹他老人家生氣了。」

孟殷無限幽怨的看她一眼，「……為什麼大家都對我發脾氣？我好可憐……」

……跟你這種沒常識的人認識，是你身邊的人很可憐吧？

「他居然要我去幫政客看病欸。」孟殷一臉正氣凜然，「我們做學問的，多少是要有些風骨吧？怎麼可以為了預算去做趨炎附勢這樣難看的舉止……」

劉非搔了搔臉頰。她好歹也在「夏夜」待了一年，很明白大師傅。他實在是個八面玲瓏、腰肢柔軟的人，像他們這種做黑學問的，能夠這麼多年安然無恙，預算豐厚，端賴他圓滑的處事風格。

研究這類玄學，實在不免「解剖」屍體，拿死人的內臟或骨骸做些稀奇古怪的實驗，但是大師傅非常謹慎的盡量站在法律這一邊，最少也是踏在灰色地帶，行事低調到快要鑽進土裡，讓誰也抓不到把柄。更不時施些小惠給當權者……

這也是為什麼這個幽暗的「夏夜」一直可以沉默存在的緣故。

雖然她也是不怎麼喜歡抱政客大腿這種事情。「那……師傅你不去嗎？」

「去啊。不然伙食費就不會撥下來了。」孟殷很理直氣壯，「我去開病危通知書。反正大師傅只要我看診而已，又沒要我治好。」

換劉非爆青筋了。「人命關天，你給我說什麼廢話？」她很想跟去，但是為了幫猓猻洗澡，她耗掉了一個下午，衣服還堆著沒洗沒晾，功課全部都還沒做，另外一堆家事……

她真的是最苦命最年輕的家庭主婦了。

大腳一踢將孟殷踢出家門，「快滾！記得要把人治好！你當什麼醫生……」

「我哪是什麼醫生。」孟殷無限委屈，「我是裹著科學皮的魔導士。」

「孟師傅！」劉非簡直是尖叫了。

在劉非抓狂前，孟殷默默的上了來接他的豪華大轎車。而且非常不客氣的吐在昂貴的牛皮座椅上。

司機鐵青著臉，壓住心裡的咒罵，將這個據說非常有本事的「醫生」，送到目的地。

暈車中的孟殷臉色很難看，但是一點也掩不住天生麗質的豔容，反而活像病美人似的。迎出來的男人愣了愣，他不知道很有辦法的「夏夜」會派出這樣的絕世美女。

孟殷軟綿綿的和他碰了碰手指，算是握過手了。「……我是男的。」這種場面他看多了，早點說破可以少很多很多麻煩。

那個男人露出非常失望的表情，還是禮貌的將他往裡頭讓。這是個小小的別墅，很隱蔽的藏在樹蔭中，當然這個半山坡的地段乃是全台北市數一數二的貴。

很雅緻低調的擺設和布置，一進屋就讓人印象深刻。但是這些傢具擺設應該大半都是古董，無數的記憶和歷史都刻在保持優雅完整的「物」當中。

當然不全是美好的，反而血腥和死亡比較多，裡頭還滿多陪葬品。

敏銳點的人大約會覺得渾身不自在。幸好劉非沒跟來……不然她不是奪門而出，就是暈倒。

他實在不大懂有錢人的品味，把家弄得跟陵寢似的，像是自找的見鬼。

不過，有股清涼而溫柔的氣在這個鬧鬼似的別墅徘徊，或許因為這種安撫，所以這個墓地般的家出不了什麼大事。

孟殷開始覺得有趣了。

「需要看病的人是哪位呢？」他很直率的問。

那個男子看了他幾眼，「……是我。」

你又是誰啊？孟殷不太耐煩，「我姓孟，孟殷。」

「孟大夫。」他很有禮貌的回應，然後就沉默了。

孟殷沒好氣，掏出鋼筆和筆記本，「尊姓大名？出生年月日？還是有之前的病歷可以參考？」

那個男子瞪大眼睛，「……你不知道我是誰嗎？」

孟殷開始生氣了，「……大師傅只說有人要來接我，而貴司機什麼也沒對我說。」你家司機只因為我吐在車裡就對我翻白眼了，啥也沒說。

結果那個男子比他還生氣，「看到我的臉你還不知道我是誰？全台灣都對我瘋狂！連總統都是我的歌迷！」

「……對不起，我只知道作學問，不問世事。」孟殷火大極了。大師傅是怎麼樣？就為了一個大人物的偶像叫他跑這趟？

驕傲自大是絕症啦，直接開死亡證明書好了。什麼？他還沒死？放心啦，過個一甲子六十年，死亡證明書就可以派上用場了。

「如果我讓您感到不愉快，或許您換個醫生比較好。」孟殷站起來，「很抱歉我不認識您。」

「等等，等等！」男子急了，「抱歉，是我急躁。我對這個『病』束手無策……」他低頭想了想，深深吸了一口氣，「需要填個資料嗎？」

「我想你掛過初診吧？這位先生。」孟殷老實不客氣的將空白的病歷遞給他。

看到他填的名字，孟殷依舊無動於衷。他不看電視，看報紙也不看影劇版，所以他不知道，眼前這個俊逸的男子，正是這年崛起的實力派偶像歌手。歌迷影迷對他瘋狂的程度匪夷所思，連總統都被他的歌擄獲。

真正讓孟殷沒有拂袖而去的緣故，乃是這屋子流蕩的清新、甜美，卻帶著濃重哀傷的氣。

他願意拿自己的項上人頭賭，絕對不是從這個驕傲自大的男人身上發出來的。

問診問了半天，孟殷的眉毛漸漸皺了起來。他這個病人的困擾很令人惱怒：他說，他唱不出新歌。

他可以唱之前所有專輯的歌，但是他突然失去了創作的能力，也失去了唱他人詞曲的能力。

「簡單說，你沒有靈感？」孟殷老實不客氣的指出這一點，「陸先生，我要很抱歉的告訴你，你的聲帶完全沒有問題。如果你認為沒有靈感是一種疾病，全世界的人口大約殘廢了五分之四強。」

陸浩紅了臉，分辯著，「好吧，寫不出歌我認了，但為什麼別人幫我寫的歌也唱不出來？」

「說不定你去精神科檢查看看？」孟殷的耐性漸漸消失，「這說不定是一種心理障礙。」

「不行！」陸浩吼了起來，「我是什麼人？我怎麼可以去瘋人院？我是陸浩欸！」

我管你陸浩噩耗，反正我看過診了，愛聽不聽隨便你，能夠跟大師傅交代就好。

「我想我愛莫能助，或許您另尋良醫……」

「等等，等等！」陸浩氣急敗壞的喊著，「你聽過我唱歌嗎？你沒聽過嗎？」

「我的確沒有。」孟殷承認，「但這……」

陸浩沒等他說完，開始唱歌了。

孟殷獃住，突然理解為什麼舉國若狂。這……根本不是凡人可以唱得出的天籟。唯一破壞這種完美天籟的，是亂七八糟的詞。但是誰會在意這種小缺陷呢？

他的歌聲冉冉的在空寂的大氣裡迴盪，清澈而透明，令聆聽的人像是被溫柔的沁涼洗滌了一切傷痛。

歌聲這樣完美，完美的不像是真的。

等他唱完，孟殷沉下了臉。「這不是你的歌聲、不是你的曲。」

陸浩馬上變容了。「這當然是我的。是我唱出來的，為什麼不是我的歌？」他幾乎有些歇斯底里。

孟殷沒有說話，嚴厲的看著他，讓他冷汗涔涔的低下頭。陸浩有些惶恐的想，他的祕密恐怕保不住了。但是這種節骨眼上，他只能相信大師的建議。他唯一可以求助的，是豢龍氏的後人。

「其實，」陸浩乾澀的說，「我的確『參考』了別人的創作。但是大部分還是我……」

「連歌喉一起『參考』？」孟殷又驚又怒，有種非常不祥的感覺襲來。他衷心祈禱，事情不要如他想像的悲慘，「『她』在哪！」

「她不肯吃飯不肯睡覺，而且……她不肯寫歌了！」陸浩大跳大叫，「她怎麼可以這樣對待我？我的下張專輯怎麼辦！」

「你找我來，就是因為只有我可以處理吧？」孟殷的臉色鐵青，「我不管你什麼鳥專輯，寫歌的『人』呢？」

陸浩張了張嘴，抹了抹額上的汗，「……你會替我保守祕密吧？」

孟殷逼視過來，陸浩突然全身發冷，不斷的顫抖。這個擁有希世美貌的男人，卻像是帶了張絕美的面具，充滿鬼氣的殺意，讓他不寒而慄。

我要被殺了！這個來歷不明的人，馬上會殺了我！

但只有一瞬間，那種恐怖的凝視就停止了。孟殷木然的轉開視線，「我答應你。我不會說出去的。」

那種壓迫性的殺氣褪去，陸浩稍微膽大了些。或許只是錯覺……他安慰著自己。

重要的是，他的專輯快要開天窗了，哪怕孟殷是惡魔，他也樂於打交道。

「……請往這兒。」他領著孟殷爬上了二樓，打開了主臥室的門。「青兒，妳好些了嗎？今天有沒有寫歌？」

雪白的床上，覆蓋著蕾絲花邊的美麗被褥。一握青絲從被褥裡蜿蜒出來，甜美而哀傷的氣稀薄的在空氣中迴盪。

孟殷深深的難過起來。他或許很沒常識，但是愛護靈獸、聖獸，像是他們家族的遺傳，深深的刻在ＤＮＡ裡。

「妳還是什麼也沒寫！」陸浩發怒了，「妳到底想要怎麼樣？」他肆無忌憚的將被褥裡的瘦弱女子拖出來，「妳怎麼可以這樣對待我？在這種緊急的時候？妳……」

「放開她。」孟殷淡淡的說，盡力壓抑住殺氣，「我勸你最好放開她，然後出去。」

陸浩狠狠地看著面無表情的瘦弱女子，又畏怯於孟殷美貌下的殺氣。他訕訕的鬆開女子，那女孩像是木偶一樣，啪的一聲，跌回床上。

「請你……」陸浩鼓起勇氣，「一定要讓她寫出歌來。」

「出去。」孟殷只給他這兩個字。

陸浩忿忿的摔了門。這聲巨響殘忍的在寂靜中迴盪許久。

孟殷看著天花板。太殘酷了……殘酷到他實在不忍心看。他說過，他忍受不了那種被棄的哀戚和眼神，尤其是尊貴的聖獸。

「您是尊貴的鳳族吧？」孟殷單膝跪在床前，輕輕的握著少女的手，瘦弱的像是骷髏般，「您是青鸞大人？」

少女轉動眼瞳，沒有巴掌大的臉孔，只剩下眼睛依舊清亮。她終於鬆了口氣，浮出一個模糊的微笑。

沒有表情的臉孔泛出困惑的溫柔，張開口，卻沒有聲音。她虛弱的用氣音說，「我以為……人類除了神的臉孔，就只有鬼的臉孔。」

聲音呢？她可直達天聽的聲音呢？被「參考」走了嗎？

「我不是神也不是鬼，」孟殷滴下淚來，「我是豢龍氏，註定要侍奉聖獸的人類。」

她依舊是虛弱的氣音，「我快死了，但是……我不要死在這裡。」

孟殷點點頭，「我不會讓您死的，我來帶您走。」

懸著心，陸浩在門外走來走去。

他不相信任何人，尤其不相信那個詭異的醫師。他才剛剛爬上巔峰，不管他用什麼辦法，都是用盡一切能夠用的辦法。人家不是說，天助自助者嗎？他這樣的努力，為什麼老天爺不幫他，連愛他的青鸞都要跟他作對？

真不懂她在想什麼。她不過是隻青鳥，說難聽點，是禽獸。她初到凡間，他對她百般照顧，難道這些恩情她都忘記了？還是他教她學譜的呢！不過隨口哄哄她，居然當真了。知道他就快要結婚了，居然不吃不喝，也不寫曲了！她以為她是什麼？她憑什麼獨占他一個人？

他可是陸浩啊！

越想越生氣，越想越委屈。他忍不住想衝進去好好的給她一點教訓……

這個時候，門開了。絕美的大夫冷著冰霜似的臉孔，睥睨的看著他，眼神讓人很不舒服。

「怎麼樣？她肯寫曲了嗎？」陸浩不肯放棄任何希望。

「……一個月後，我來開死亡證明書吧。」孟殷冷冷的說，「她大概活不到一個月。」

「你說什麼？一個月？」陸浩整個心都涼了，「那我不管！她該寫還給我的曲就是要寫，那是她欠我的！」

孟殷深深吸了幾口氣，勉強壓抑住突起的暴怒。小偷。小偷。偷竊別人的曲子和聲音，冠上自己的名字而洋洋得意。這樣無恥的小偷，還有臉逼奄奄一息的青鸞為他寫曲。

「我不是神。」孟殷轉頭，「你若要她活，就讓我把她帶走。若不要，一個月後，我來開死亡證明書。」

「你別想帶走她。」陸浩多疑的瞇細眼睛。

「死掉的人不會寫曲。」孟殷冷笑，「反正這是你的選擇。」

陸浩臉色陰晴不定。但是他想起他的法寶，他不怕青鸞逃走。怕什麼？他掌握著青鸞的弱點，而且青鸞和他有契約。

「一個月。」陸浩陰沉的說，「我給你一個月的時間，醫死了也沒差，但她得把曲子寫出來。」

孟殷莫測高深的隱藏在陰影裡，「好。」他轉身進房，將虛弱的青鸞抱起來。

將裹著被單的青鸞抱出來，孟因其實是非常難過的。

蔡衡云：鳳之類有五，其色赤文章鳳也，青者鸞也，黃者鵷雛也，白者鴻鵠也，紫者鸑鷟也。

事實上，聖獸鳳族也的確有五族，青鸞和赤鳳算是比較接近人類的靈獸，遠古的時候常往來人間，憑著天賦的祥和之氣，替淒涼的紅塵帶來幾許溫暖。

但是人間早已走向理性，對於靈獸來說，「不相信」像是一種毒氣，越來越不適合生存。連最能耐受挫折的赤鳳都早已絕跡，更不要說纖細敏感的青鸞一族。

懷裡乾瘦得宛如少女髑髏的聖獸化身，又是為了什麼降臨人間？又為了什麼，連她們最自傲的歌聲都消失無蹤呢？

他想不出來，也不敢細想。只是輕輕的抱著她，細心的呵護著。唯恐受了風邪，那可了不得了。她現在恐怕連人間污濁的空氣都禁受不住，又怎麼受得了風邪的摧殘呢？

完全忘記自己會暈車，只是專注著懷裡呼吸細淺的青鸞。

她張開長長睫毛的大眼睛，悲憫的看著幾乎落淚的孟殷，手是這樣冰涼，撫摸是這樣無力，「不要難過……這也是我自找來的劫數。別為了我難過。」

即使剩下虛弱的氣音，她還是那樣慈悲的溫柔。

「……我會治好妳。」

青鸞短短的笑了一下，閉上眼睛。她此刻只求找個安靜的地方死去，什麼都不想了。沒想到，會在人間遇到豢龍氏……這讓她大大的鬆了口氣。

這代表她會受到比較理想的待遇，死後屍體也不會被人污辱。這樣，就夠了。

懷著一種灰燼般的虛無，她溫順而被動的偎在豢龍氏的懷裡，居然短短的睡了一下……然後因為一種稚嫩陌生卻又莫名熟悉的氣息醒來。

張開眼，她愕然的看到幾頭幼小貔貅湊過來，嗅嗅拱拱，滿眼澄淨的好奇。

貔貅？人間哪來這麼乎打的靈獸？

「你們在幹嘛？」一個少女尖叫起來，「你們想對病人怎麼樣？去去去，滾遠點！」那個俏生生的少女拳打腳踢的將貔貅趕開，「不怕不怕，他們不會咬人……呃……」

少女和她四目相望，兩個人都獃住了。

青鸞的眼底湧出淚來，自己卻不明白為什麼。她明明鎖住了自己的情感，免得那個和她有契約的人又拿走什麼……但是當她見到這個少女，卻像是迷路的小孩找到了親人，覺得所有的苦難和悲傷都可以得到安慰，讓她再也鎖不住滿心的傷慟。

她不是人。這倒不是罵人的話，而是劉非心裡湧起的一種異常的聖潔感。很乾淨很美麗……她明明病得只剩下皮包骨，但是在劉非眼中，她卻無比的美麗漂亮，像是最溫潤最迷人的青玉。

那種正名應該為「蒼」的美麗綠色，或許因為她的眼睛就是那樣憂鬱而深邃的深綠，令人打從心底震撼的動容。

「我叫劉非。」她出於本能的去抱那個輕得像件衣服的瘦弱病人，「不要怕，妳會好的。沒關係哦，妳可以哭。有些傷痕是要哭出來才會好的……」

我接近了一湧生氣勃勃的生命之泉。她信賴的伸手給劉非，貼在劉非的胸膛。宛如被洗滌般，積在心裡成了癱瘓的眼淚，汩汩的流個不停，無聲的像是窒息般的啜泣。

原來我還會哭。我還以為……我早就已經死了。

我的心早就已經死了。

「我在這裡哦。」劉非輕聲勸哄著，「我會一直在這裡哦。」她什麼也沒問，很自然而然的將青鸞抱到自己的房間，後面跟了半打蹦蹦跳跳的小貔貅。

孟殷顫抖的手臂伸在半空中，突然覺得哀怨而挫折。「……為什麼？為什麼青鸞大人喜歡劉非勝於喜歡我？嗚……我也喜歡青鸞大人，我才是豢龍氏欸……我在這裡還有什麼地位啊～」

他蹲在牆角畫了很久的圈圈，背後籠罩著烏雲般的哀愁。

在劉非的照料下，一心等死的青鸞竟然漸漸好轉，她溫順的吃著劉非餵她的飯，溫順的低頭讓劉非幫她梳頭。她瘦得乾枯的臉頰豐潤起來，像是垂死的玫瑰受到了呵護，綻放出甜蜜的芳香和嬌豔。

她是這樣依賴劉非，只要一刻沒有看到她，眼底就寫滿了惶恐的不安。

這天，青鸞從昏睡中醒過來，發現劉非不在身邊，她害怕的看著周圍，手指緊緊的抓著床單，連貔貅親熱的安慰都不能讓她平靜。

「劉非睡著了。」孟殷輕按了青鸞的手，「青鸞大人，她這些天幾乎沒闔眼，我抱她去我的房間睡一下。」

青鸞看著孟殷，眼神不大自然的挪開。她突然有點怕這位僅存豢龍氏的眼神……

他乾淨得幾乎有些無情的眸子，像是可以看穿一切。

甚至看穿她那令人羞愧的愚蠢。

「……青鸞大人，請不要逃避。」孟殷這些天也不是閒著沒事幹，他聯繫了大師傅，靠「夏夜」的情報網做了一些調查，「妳可以逃避一切，卻沒辦法逃避自己。」

她美麗的眼睛立刻湧起一層霧氣。

「青鸞大人，妳的聲音呢？」孟殷也覺得很憂傷，「為什麼妳會把天籟分享給別人呢？」

她撇開頭，淚如泉湧。

「就算妳將聲音分享給別人，妳也不至於失去自己的聲音。」孟殷逼得更緊點，「但是為了什麼，妳失去了自己的聲音呢？」

「……不知道。我……不知道。」青鸞用虛弱的氣音說，「我突然……就沒有聲音了。我不知道為什麼……」

「妳有話，想對那個人說吧。」孟殷犀利的扯開她的傷口，「但是妳又說不出來……因為他對妳來說很特別。」

青鸞不說話，也不動。只是不斷滾著珠淚。

「妳將終生的婚約締結給他了嗎？」

她掩住臉，發出無聲的悲鳴。

人類面對婚姻宛如兒戲，但是鳳族卻不然。鳳族的生命長得接近永恆，對於婚約的重視遠超過生命。她活了這樣長的時光，卻將這麼重要的婚約託付給一個壽命短暫的人類，可以說是非常嚴重的犧牲。這意味著短短數十年的歡聚，她得獨自面對無盡歲月的孤寂。

但是沒關係，她願意。

只是蜉蝣似的人類回報她的卻是惡毒的欺騙，在她幾乎獻出一切的時候……

「妳將羽衣給他了嗎？」孟殷覺得很不忍。他說過，他對這樣的悲慟沒有抵抗能力。青鸞的痛苦深刻的感染了他……但是他決定將青鸞的痛苦做個終結，「妳把自己的翅膀當作婚約內容，給了他嗎？」

青鸞閉上淚流不止的眼睛，輕輕的點了點頭。

這，真的是最糟糕的狀況。孟殷更加沉重。

「我會幫妳把羽衣要回來。」沒問題的，我也是狡猾可惡的人類。「但請妳……將想要說的話，好好的說出來。」

* * *

一個月後，接到孟殷電話的陸浩急切的趕了過來。

「她寫了嗎？她把曲子寫出來了嗎？」連鞋都還來不及脫，他抓著孟殷問個不停，「到底怎麼樣了，快告訴我！」

孟殷冷淡的看了他一眼，「你把羽衣帶來了？我說過，這是藥引，沒有這個就治不好她。你要知道，活著才可以一直為你寫曲，死人是不能的。」

陸浩遲疑了一下，「我要先看到她寫的曲子。我怎麼知道你是不是在騙我？」

孟殷不耐煩的丟了一疊樂譜給他，陸浩貪婪的看著，原本緊皺的眉毛漸漸的鬆開來，露出欣喜欲狂的表情，「她只要願意，還是可以的嘛！她呢？青鸞幾時可以回來？」

孟殷沒有回答，抱著研究的神情看著陸浩。「你愛她嗎？」

陸浩被他凌厲的眼神看得有些狼狽。「……或許你不相信，但我的確是愛她的。不然，我怎麼會把一隻異族帶去我家過年？我爸媽都看過她呢！不管是她的人還是她的才華……我都是很愛很愛的。只是她這樣的違抗我，讓我非常傷心……」

「那你為什麼違背婚約呢？」孟殷無情的問著。

陸浩愣了一下，突然狂怒起來，他咆哮著，「我跟她說過多少次，這是我們倆的祕密，她怎麼可以告訴別人？太過分了！禽獸就是禽獸，想要他們信守諾言居然這麼困難……」

「她沒說過半個字。」孟殷淡淡的，「但是鳳族會變得這樣淒慘狼狽，也只有毀誓這個原因。」

「我沒有毀誓！」陸浩吼了起來，「如果不是她越來越不聽話，我又怎麼會去娶別人？她除了會寫曲，還能給我什麼幫助？這個世界有才華就能大放異彩？不要太天真了！我的未婚妻是唱片公司老闆的千金，她能夠讓我在世界舞台發光發熱，而不侷限於這個狹隘的小島上……她能嗎？青鸞可以辦到嗎？她甚至連用法力魅惑唱片老闆都不肯！」

「你需要老闆千金的幫助，又需要青鸞的才華。」孟殷冷靜的分析，「簡單說，你病了，你得的是貪病。」

「我沒有病。」陸浩咬牙切齒，「你大概覺得我是負心漢、是壞人吧？坦白告訴你，我這樣對青鸞，一點歉意也沒有。有個大師對我說過，我前生救過青鸞。若不是我救過她，她早就沒命了。現在她做的一切都只是償還我上輩子的恩情而已！」

在一旁忍耐沉默的劉非張大眼睛，驚愕這樣的胡說八道，旋即狂怒。握緊拳頭的她讓孟殷擋住，她用無比憤慨的眼神望著師傅，孟殷卻用一種冷淡卻惡毒的眼神回報她。

師傅，大約不會讓這個人太好過吧。劉非深吸一口氣，努力壓抑著怒火。

孟殷嫵媚的對著陸浩笑了笑，他希世的美貌緩和了陸浩的火氣。「也就是說，你從來沒想過要娶青鸞，你們的婚約沒有成立過？」

「哪個人類會去娶一隻鳥？」陸浩想也沒想的回答，「什麼婚約？那不過是哄哄她。」

「這麼說來，一切都是誤會。」孟殷心平氣和的伸手，「羽衣給我吧。我需要這味藥引。」

他遲疑了一下，看了看手裡這疊樂譜……青鸞活著，的確比較重要。雖然羽衣是留住青鸞唯一的法寶，不過，這件羽衣只有一半。他只要羽衣，又沒有說非要全部，對吧？

他還是擁有一半的羽衣，讓青鸞沒辦法走。

陸浩遞出了羽衣，虛空中伸出一隻白皙的手，接走了。青鸞接過那半件羽衣，憂鬱的看著陸浩。

「婚約解除。」孟殷輕輕的說了這一句。

青鸞慢慢的，無比悽楚的微笑起來。含著淚光，她專注的望著這個幾乎奪走她一切的人……尤其是她珍貴的信賴。

她要說……她好想說……

「把我的聲音，還給我。」她用氣音說著，卻震撼了周圍的空氣，「把我的愛情，還給我。」溫柔的青鸞一怒，連大地都為之共鳴，「把我的歌，還給我！」

縱起狂風，屋子裡所有的東西都被捲起來狂暴的飛舞，陸浩張開嘴想說話，發現他的聲音不見了。

「把我的一切，通通還給我！」青鸞得回自己的聲音，即使哀鳴也宛如天籟。

陸浩只覺得自己像是被撕裂了。所有從青鸞那兒奪來的靈感、歌聲，一切的一切，通通不見了。他驚慌的抱住僅存的半件羽衣，那件羽衣卻像是有生命一般，掙扎著從他的手底掙脫，飛入青鸞的手上。

得到羽衣的青鸞，漸漸的發出蒼青的光，白皙的手臂長出青色的羽毛，幻化成雙翼極展的大鳥，她輕盈的在室內盤旋，湊近孟殷低語了幾句，然後從窗戶飛走了。

陸浩嘶啞的喊著青鸞，卻只能眼睜睜的看她離開。

「你！」他一把扯住孟殷的衣領，「你居然騙我！」

「我騙你？我有嗎？」孟殷冷淡的將他推開，「我治好了青鸞，你得到了青鸞最後的樂譜。不過你的貪病……我無能為力就是了。」

陸浩又想撲過來，一大群又像獅子又像獒犬的「大狗」擋在前面，露出銳利的牙齒低吼著。

他恐懼的退後兩步，「……我不會饒過你的。」

孟殷無視他的威脅，露出最美麗的微笑，「貪病是絕症，我很遺憾。但是我可以幫你開病危通知書。你需要我通知你的家人嗎？」

「我的歌迷不會饒恕你的！」陸浩嘶啞的吼著，「他們會來將你撕成碎片！」

「好啊，」孟殷的表情很輕鬆，「我等著。」

＊　　＊　　＊

陸浩的威脅一直沒有生效。

自從他的聲音被青鸞收回去以後，歌迷也用相同的速度遺忘了他。每天都有新的歌手，每天都有新的偶像。他的歌迷，也很快的成為別人的歌迷。

「青鸞回家了嗎？」望著天空，劉非有些悵然的問。

「嗯，應該回家了。」孟殷看著報紙。

「她跟你說什麼？」劉非拿走報紙，眼神非常認真。

「呃……」孟殷輕輕咳了一聲，「她謝謝妳，也謝謝我。」

「就這樣？」劉非有些失望，「她還會再來嗎？」

「恐怕不會吧。」孟殷很誠實。人間對於單純的青鸞來說，實在太險惡了。

其實，青鸞不是只跟他說了謝謝。用心說話比語言迅速多了。

她說，對劉非好一點。劉非這樣溫柔，是因為她需要的溫柔沒有人可以給予，所以對於其他亟需溫柔和照料的生物，給予最大的反餽。

「……乖乖喔。」孟殷有些笨拙的將劉非抱在膝蓋上，「師傅疼妳喔。」

「……師傅，你神經了嗎？你把我頭髮揉亂了。」

第四章 溫柔，其實會有問題

自從青鸞回返之後，有段時間孟殷很悶悶不樂。劉非猜想，嘴裡討厭女人的師傅才真的口是心非。其實，他對所有種族的女性都特別愛護包容，不管是拳頭比嘴巴快的小徒，還是飄渺哀愁的青鸞，他都同樣的愛護、甚至溺愛。

就是因為這樣，所以才更不能忍受分離的痛苦，才會說，他非常討厭女人吧？

不過，他終究振作起來，把心思放到新的研究上。關於這點，劉非是感到很安慰的。再說，這次他把興趣放在農耕上面，就算種什麼毒草惡苗，安全性來說也相對高許多，應該不會出現可憐的受害者才對。

好不容易做完了手裡的家務，她從廚房的窗口望出去，師傅穿了整套工作服，褲腳嚴肅的塞在長雨鞋裡頭，長頭髮編成光滑的辮子，辛勤的在菜園裡翻土……

漂亮的人真是占盡一切便宜。哪怕是這樣農婦的打扮（是農夫吧……），也讓人賞心悅目，心曠神怡。暑期來進修的研修生應該也有同感，有幾個男生看到呆掉，口水快要滴進土裡了。

青春期的小男生呀……劉非老成的搖搖頭，推窗喊著，「師傅，要不要吃點心？我弄好下午茶了……」

孟殷給她一個燦爛得幾乎眩目的微笑，「你們先把土翻好，注意不要挖到我種植的那塊喔……弄好手裡的工作，也來吃點心吧。」

他優雅的走過井井有條的菜園，走到前庭，劉非已經把茶和餅乾端出來了。

「不請學姊學長一起吃嗎？」劉非是個有禮貌的小孩，儘管是研修生，她還是尊稱學長姊，因為這些各地而來的學生年紀幾乎都比她大。

「讓他們自己動手看看，不動手怎麼會呢？」孟殷在藺草墊子上跺了跺泥土，走到前庭的桌邊開始喝下午茶。

劉非也跟著喝茶，她凝視著在遠處工作的學姊學長……突然覺得他們有點奇怪。他們在菜園跑來跑去，一面手舞足蹈。

這麼大人了，還學小孩子搗蛋？植苗都快踩死光光了。她越看越不對，走過庭院想看清楚他們在幹嘛……

「……師傅！」她語氣裡帶著極度的驚恐，「你到底在菜園裡種什麼！」

孟殷轉過頭來，心裡暗暗叫了一聲糟糕，「……就……那個嘛……」

「那個是哪個！」她幾乎是怒吼了，「為什麼菜園有一堆蘿蔔跑來跑去在跳舞？」

「我基因改良過了！」孟殷反射性的摀住臉，「我拿人蔘的基因改良過了呀！」

「……到、底、是、種、什、麼……？」她的語氣冷靜許多，卻蘊含豐富的暴風雪。

孟殷把臉摀得更緊一點，「就曼……」

什麼是「就曼」？而且那些會跑的蘿蔔一面邊跳還邊叫，叫得還挺淒慘的……

她突然腦門一昏，想起她在「夏夜」的時候，葉師傅曾經拿過標本跟他們這些見習生講解過……

那是西洋的惡魔曼陀羅花吧！這種該死的花都生長在墓地、刑場，或是凶宅附近，一但被拔出來，就會發出慘叫聲，聽到的人會馬上沒命……

「曼陀羅？師傅啊～你到底有沒有一點常識！」她的嗓音逼緊，「你在我們菜園裡種這種東西！」

「基因改良過的！」孟殷摀著臉跳出前庭，「再說，貔貅認主了，所以我們不會有事啊！他們會替我們擋掉曼陀羅致命的聲音……」

「……那學姊學長有貔貅護體嗎？」劉非一個箭步跟著跳出去，一把抓住師傅的前襟，「你說啊！你說啊你說啊！」

「呃……」糟糕，他沒考慮到這點……「不要怕啦，這些真的是品種改良過的，不會致命的……」

但是劉非又不是第一天當他學生，怎麼可能聽不出當中的破綻？「會怎樣？你有沒有做解藥？師傅，你不要跟我說不會馬上死，會十分鐘後才死啊～～」

「不會死啦！」孟殷情急大叫，「發瘋而已，不會死啦！」

「發瘋而已……」劉非鬆了手……非常老實不客氣的給了她的師傅一頓「鐵的紀律」，然後逼著啜泣的師傅去幫她抓亂跑的曼陀羅和亂跑的學姊學長，頓時研究所成了瘋人院，雞飛狗跳十來天。

當然，憑孟殷的鬼才怎麼可能研究不出解藥？（只是有很多副作用……）劫後餘生的學姊學長抱頭痛哭，爭相打包行李逃了個乾乾淨淨。之所以沒有東窗事發，是因為孟殷幫每個學姊學長的暑期成績都打上特優，這件烏龍事件才得以掩飾過去。

當然，有些許後遺症的學姊學長因此免去留級的不幸，很口是心非的一致讚揚了孟師傅的春風化雨。大師傅雖然有些疑惑，但是別校的感謝信都寫來了，不覺也面上有光，隨口就稱讚孟殷幾句。

「沒想到這脫線小子也開竅了，士別三日，倒是刮目相看。」

說者無心，聽者有意。「夏夜」的某個師傅記在心裡，在一個月黑風高的晚上，將他最頭疼的「學生」，送到孟殷的研究所來。

「……老穆，你來幹嘛？」正在把掙扎不已的曼陀羅塞進榨取機的孟殷感到很迷惑。

他這個老同事、老同學，跟他既不同部門，也不同師傅。之所以認識，是因為怒髮衝冠的大師傅認為孟殷需要心理輔導（某種程度上來說……），硬把他塞去穆師傅的心理諮詢室。

這位「夏夜」最強之心理諮詢師雖然沒有成功的將他的無常識狀態矯正過來，起碼也教他怎麼瞞住自己的不正常——孟殷因此擁有了自己的研究所。

就他所知，穆師傅還不曾有失敗的案例。這個心理醫療能力強到簡直可比大天使長的心理諮詢師傅，居然要安排自己的學生來孟殷這兒研修？

他忍不住探頭出去看看，是不是天上正在下刀子而不是下雨。

「老穆，你沒辦法，我也不可能有辦法。」他趕緊舉雙手投降。若是穆師傅也沒辦法，除了上帝，大概也不會有人有辦法。

「哎呀，哎呀，怎麼這麼見外呢？」穆師傅堆了滿臉鄰家大哥哥的微笑，解除了孟殷的心防，「我聽大師傅說，你最近學生帶得挺好的呀。就算幫我一個忙，如何？真的除了你我也想不出更合適的人選了……」

他鐵定擁有某種魔力，讓人無法抗拒。孟殷有些氣餒的想。探出頭去看門外的「學生」……

「拜託！那是你八歲大的女兒吧！」孟殷叫了起來，「我雖然很久沒回『夏夜』了，但是『夏夜』的網站我可是常常逛啊！你三不五時就把女兒的照片往網站一貼……你是想討綁架還是想閃瞎誰啊？你把寶貝女兒弄來這兒幹嘛？我這裡不是托兒所……」

「……她現在真的是我的學生啦！」穆師傅急出一額的汗，「……好啦，我跟你坦白說，她的能力很早就啟蒙了，不知道是繼承了她媽媽還是我，總之，她對符咒和『靈』有很特別的天賦……只要一個禮拜就好，拜託了，一個禮拜！她的能力不太穩定，而她媽媽又臨盆在即……我們沒有什麼時間看著她。」

孟殷心裡暗罵不已，這位神聖的快要發出光環的該死心理諮詢師一定對他下了什麼毒手，讓他一個字也無法反駁、無法反對，眼睜睜看著他叮嚀小女兒要聽話，就這麼揚長而去了。

女人就很麻煩！不管是八歲還是八十歲！

他對著那個小小的、滿臉陰沉的小女生乾瞪眼，放棄的嘆了口氣。「……妳叫什麼名字？」

小女孩冷漠的看著他，將臉轉到一邊去。

孟殷默然了很久。起碼他可以確定，小女孩沒有聖獸、靈獸，或者是魔獸的血緣。他對人類又不拿手……尤其是女人，特別不拿手。

「……劉非！我們有個小客人！」他只能搬救兵了。

「小客人？」劉非從樓上探出頭，「哎呀，是可愛的妹妹？歡迎來到這兒，雖然師傅有點沒常識，但人是很好的……」她走下樓，狠狠地瞪了孟殷幾眼，警告他別再弄出什麼岔子。

小女孩抬頭看了看劉非，突然撲進她的懷裡，滿臉甜蜜的笑。

哇勒ＸＸＯＯ！孟殷突然一陣火大。是怎樣？人人喜歡劉非，他就這麼討人嫌嗎？自尊啊自尊……他真的受到了重創。

看到蹲在牆角的師傅，劉非忍不住笑出來，很馬虎的摸了摸他的頭，「師傅乖喔，快去把那批曼陀羅處理好，晚餐我煮香菇雞喔……來，妹妹，我帶妳去妳的房間。妳叫什麼名字……」

「夏朵。」

「夏天的花朵？很可愛啊……」

孟殷摸了摸自己的頭髮，心情十二萬分的複雜……他自棄的長嘆一聲，悶悶的繼續把掙扎不已的曼陀羅塞進榨取機裡。

孟殷覺得，夏朵這死小鬼完全破壞了他安寧的生活！

這死小鬼幾乎纏著劉非不放，他連想跟她好好說句話都說不到，更不要說靠劉非近一點……

這死小鬼不是割到手、就是燙傷了，總要劉非忙個不停。

雖然劉非再三警告，他實在忍不住想要把赤練蛇放出來，或者叫那死小鬼去菜園拔曼陀羅，或者下個不致命的什麼蠱之類的……

「我討厭她！」火冒三丈的孟殷抱怨了。

「師傅，成熟點。」劉非勸他，但是還來不及說什麼話，夏朵又用甜蜜又哀求的聲音喊著劉非，她又急急忙忙的跑上樓去看。

「怎麼了？」劉非走進夏朵的房間，看到她滿臉淚痕。

「這個習題我不會做……」她哭得很可憐，「剛我問師傅，他不肯教我。我討厭他。」

不可能的。劉非一眼就識破她的謊言。她最了解孟師傅，雖然他很沒常識神經又大條，但是對女人，卻是很好很好的。

「……為什麼這麼討厭孟師傅呢？」她決心好好談談。夏朵這麼黏她，讓她覺得很疲倦。但是劉非跟孤兒沒兩樣，很體諒向來被父母溺愛的小孩子，突然脫離溫暖的家，一定會很不適應的。

「他長得比我漂亮。」夏朵很傲氣的說。

……要比孟師傅漂亮是件很困難的事情吧？

「不能以貌取人。」漂不漂亮只是皮相而已，怎麼可以用美醜衡量人？「只因為這樣？」

「……我討厭他。因為妳喜歡他，他也喜歡妳。」夏朵突然倔起來，「我喜歡妳！我不要妳喜歡別人！」

「……」劉非一時語塞，她還真沒想過她喜不喜歡師傅，師傅喜不喜歡她勒！她只是很自然的和師傅相依為命。「其實我們都是朋友嘛。大家互相喜歡，不好嗎？」

「不好！」夏朵激動起來，「不要喜歡別人好嗎？劉非姊姊！只喜歡我……拜託，只喜歡我！不要跟爸爸媽媽一樣……以前說只喜歡我，現在卻只喜歡還沒出生的弟弟！喜歡我喜歡我只喜歡我！拜託妳！」

劉非被她嚇到了。她也才剛滿十六歲，對於感情這種問題還很懵懂。一個小女孩這樣激烈的感情，她也不知道如何是好。

「……我、我是喜歡妳呀。」她愣了好久才回答，「但是我還是喜歡所有的朋友。」

「叛徒！妳走開！我不要看到妳！」夏朵大聲的哭起來，劉非還不知道發生什麼事情，只覺得一股很大卻無形的力量將她摔出去，房門就在她眼前發出巨響，關了起來。

事實上，劉非真的嚇壞了。她好一會兒才找到力氣發著抖站起來，連滾帶爬的衝進孟殷的實驗室，一把抱住他，死命的發顫。

「怎麼啦怎麼啦！」孟殷也嚇壞了，「怎麼了？又有幽靈來家裡逛大街嗎？」

她抖了一會兒，才開始語無倫次的敘述剛剛的事情。孟殷一面聽，一面眉毛可怕的皺了起來。

「我去教訓她！」他吼了起來，「揍她一頓就知道好歹啦！」

「別別別別啦……」劉非帶著哭聲，「她她她她還是小孩子……」

「哇靠，小孩子就可以不講理啊！看她把妳嚇成這樣……」

「是是是我膽子小啦……」劉非也不知道自己為啥要嚇成這樣，理論上來說，她應該只怕鬼啊？

在劉非一把鼻涕一把眼淚的懇求下，孟殷勉強按捺住火氣，當然再也沒辦法給夏朵任何好臉色。但是夏朵自己發完脾氣後，第二天又像是沒事人似的，又用甜蜜的聲音喊著劉非，跟前跟後，親暱的像是什麼事情都沒發生過。

劉非也裝得若無其事，只是笑容有點勉強。夏朵更加討好，帶著可憐兮兮的溫柔，但是劉非不知道為什麼，有種心驚肉跳的感覺。

就是個小女孩不是嗎？為什麼，她會這麼害怕……連天不怕地不怕的小貔貅看到夏朵，都會夾著尾巴逃跑呢？

「劉非姊姊……我喜歡妳，我只喜歡妳哦。」夏朵常常這樣拖著她的手，眼睛在黑暗中炯炯發光。

坦白講，這個時候，劉非真的覺得很可怕。比什麼樣的幽靈都還讓她害怕。

一個禮拜而已，不是嗎？劉非這樣安慰自己。但是她卻覺得這個禮拜，這樣的漫長……

夏朵黏著她，跟她說了許多關於爸爸媽媽的事情。但是甜蜜總是一閃而逝，接著是無比的怨毒，「……有了弟弟，他們就不要我了。一直講弟弟怎樣怎樣怎樣……我呢？我呢？我恨弟弟，我恨爸爸媽媽，他們都是叛徒！還是劉非姊姊最好……」

「……妳跟我相處也沒多久。」劉非苦笑著。

「不，我第一眼就知道，劉非姊姊會永遠喜歡我、愛我。對嗎？一定是這樣的……如果不是有那個討厭的男人……」

「不可以這麼說！」劉非發怒了，「不要說孟師傅的壞話！」

夏朵瞪著劉非，這次劉非鼓起勇氣也回瞪她。夏朵粗重的呼吸幾下，突然笑得很甜蜜，「好嘛，我不說就是了。劉非姊姊不要討厭我哦。」

她的確不再說孟師傅的壞話，但是她什麼都要劉非陪她一起做，甚至黏著她一起去煮飯，但總是會出些大小意外，讓劉非放下手裡的工作緊急的去看她。

劉非畢竟年紀還小，還是需要人照顧的年紀。夏朵這種極度獨占的狀態，讓她身心俱疲。

「妳差不多一點好不好？」脾氣向來不錯的孟殷發怒了，「妳搞清楚，劉非不是妳的保姆、更不是妳爸媽！天哪，我們不說話都讓妳當傻瓜了……可憐妳是小孩子不跟妳計較，妳倒是越來越過分了！妳再黏著劉非，當心明天我跟妳老爸告狀！」

「不要跟小孩子計較……」劉非虛弱的阻止，她這幾天真的累壞了，尤其是半夜夏朵會偷偷溜到她床上，常常嚇到她。

夏朵不作聲，只是翻著眼白看孟殷。

跟夏朵睡是種恐怖的經驗。常常睡到半夜，就看到夏朵用一種專注到接近瘋狂的眼神瞪著她看。她因此常常整夜無法成眠。

真的是極限了。她抱著枕頭，很沒志氣的跑去敲師傅的門。

「……師傅，我跟你睡好嗎？」接近崩潰邊緣的劉非，可憐兮兮的問。

正躺在床上看書的孟殷看著他可憐的學生，掀開棉被，招了招手。她疲勞的爬上床，「師傅對不起……」

「她該不會連睡覺都去吵妳吧？」孟殷滿心疼的。

「嗯……她不睡都瞪著我看……」她靠近孟殷一點，「很可怕的。」

孟殷輕輕的撫著她的背，看她緊皺的眉漸漸鬆開，睡顏是這樣無憂無慮，他覺得有種溫柔的感動。

哎，她其實還是需要人家疼愛的小女孩，為什麼每個人都想依賴她呢？這種天賦不要也罷。她早晚會被這樣的需索壓垮掉的。

明天就算穆師傅不來接，逼也把他逼來。別開玩笑了，這小禍害是他的女兒，憑什麼來累垮我的小劉非？

憤慨的默想很久，他也矇矇矓矓的睡去……卻因為一種異樣的寒冷清醒過來。

黑暗中，他看到一雙炯炯發光的眼睛，趴在床尾，滿滿的蘊含著惡毒。

「你別想，搶走我的劉非姊姊。」她的聲音帶著童稚，卻是那樣的冰冷，像是要凍結空氣般。

他將熟睡的劉非抱緊一點。

她像是一隻蜘蛛，用一種蜿蜒的姿勢，手腳著地的爬上床。很糟糕的是，孟殷發現自己無法動彈。

該死的他媽的天賦！她一定繼承了她老爹的心靈控制，才可以把他吃得死死的！

夏朵的眼睛更亮、更大，嘴裡絮絮的念著急促的咒語，空氣越來越寒冷，在這夏末的夜晚，他和熟睡的劉非一起呼出白氣。

空間似乎越來越緊縮，此起彼落的哭嚎越來越清楚，連鎮靜的孟殷都動容了。

天……這麼小的女孩……居然可以役使複數以上的鬼！

他沒見過年紀這麼小、能力這麼優秀的役鬼者！

「狂夢！」他呼喚自己的使魔。

「等你死了再叫我。」狂夢懶洋洋的回答。

「狂夢，妳想永遠困在那隻死鳥的屍身裡，就可以不用應我呼喚。」

狂夢忿忿的現身，面對塞滿房間的鬼魂發呆。「……我的天哪～」

「現在是感嘆的時候嗎？」孟殷真是哭笑不得，「殺死那個役鬼者！」

「……你說殺就殺？」狂夢幾乎掉眼淚，她在狹小的房間飛翔，躲避著夏朵的眼光，「我連看都不能看她，我是可以殺誰啊？」她一面頂嘴，一面抓滅洶湧的鬼魂。

「妳不能看？」孟殷呆住了。

「我雖然討厭你，但我更討厭她！」狂夢閉著眼睛亂殺一通，「她可以把我的意志搶走，你說我能看她嗎？」

……穆師傅，你害死我了！

但是狂夢的出現，稍稍讓夏朵分神，孟殷發現自己可以動了，他馬上抱起依舊熟睡的劉非，想要跳窗逃走……

倒抽一口冷氣，他還奇怪貔貅怎麼讓這些鬼魂入侵呢……他的研究所密密麻麻的被無數的鬼魂包圍，這些小貔貅又尚未成年，只能圍成一個圈子勉強抵禦鬼魂的攻擊，僅僅自保而已，根本不可能來救他們。

能逃去哪？

「別想逃。」一隻冰冷的手搭在孟殷肩上，「你去死吧！劉非姊姊是我的！」

「我不是任何人的。」在孟殷懷裡的劉非突然出聲，把所有的人都嚇一跳。

其實……劉非巴不得自己昏過去。但是有種憤怒，在她的胸膛不斷滾動。為什麼呢？她到底做錯了什麼？為什麼她心愛的人都要離開她？這次就更離譜了，居然是為了喜歡她，所以要害死她的孟師傅？

「我討厭妳！我非常討厭妳！」她氣得哭出來，「我討厭妳獨占的心理，我討厭妳討厭妳討厭妳！」

「……連妳都要背叛我！」夏朵尖叫起來，「我恨你們，通通都去死吧！」

她的尖叫幾乎要震破靈魂，加上鬼魂的共鳴，連五臟六腑都為之翻湧，孟殷只能咬牙將劉非藏在自己懷裡，希望她受得傷害少一點。

「不不不……」劉非痛苦的哭起來，「不要不要……劉師傅……」

她想到劉師傅那樣可笑又悲慘的死亡，她第一次和心愛的人死別。我不要孟師傅也這樣……

「這段咒語，妳要好好記住哪。」頭頂光亮的劉師傅教了她口訣。「等有一天哪，妳懂得什麼是保護和被保護，就可以役使使魔了。現在對妳還太早……等妳大一點，時機到了，師傅的使魔就交給妳，知道嗎？」

那個時機，會是什麼時機？「劉師傅……爸爸……」劉非大哭起來，飛快的念著難解的咒語。這可能是她一生中最後一次念這個咒語了……

只看寒光一閃，突然凍結了夏朵的尖叫。一陣冷森森笑聲，「嘖，這種小場面也要我老人家出場？瞧不起人是吧？」

一隻比獼猴大不了多少的使魔蹦蹦跳跳的，全身環繞著綠光。

「滾開！」暴怒的夏朵沒把這猴模猴樣的小使魔看在眼裡。但是狂夢卻倒抽一口氣，臉色慘白的躲在孟殷背後發抖，指爪都快陷入他的背肉裡了。

「現在小孩子都這樣沒禮貌嗎？」使魔抱怨著，「好啦，難聽死了，別叫行不行？」他彈了彈指甲，夏朵張大嘴，卻再也發不出聲音。

「哼哼哼，瞧不起老人家就是這樣……」他笑得很賊，「唷，妳這票小跟班還不肯走？沒見過世面的雜鬼，滾吧。」

他用猴爪似的手在地板一拍，突然裂開一道帶著岩漿的火紅裂口，所有的鬼魂哀鳴著，身不由己的讓裂口吸了進去，幾秒鐘的時間而已，消失得乾乾淨淨。

「每次都要我出來打掃垃圾，你們當我是清潔工是吧？」他喋喋不休的抱怨，「喂！那個小鬼！妳不要以為妳有能力叫得動我老人家了。要不是我太閒怎麼可能應妳召喚？要叫我最少也替我準備個大角色，這種雜魚妳好意思我還不好意思哩！老劉勒？他死哪去啦？居然隨便把我的契約胡亂讓渡，我要告他……」

孟殷看著一屋子的老弱婦孺，只好硬著頭皮回答，「呃……劉師傅過世了。」

猴樣使魔瞪了孟殷一眼，「我問你了嗎？你懷裡的丫頭怎麼不答腔？」

這個……孟殷搔了搔頭，「……因為她昏倒了。」

好不容易甦醒的劉非瞪著她的使魔。而那位猴模猴樣的老使魔已經不耐煩的用腳打拍子很久了。

「什麼人死債爛？」老使魔劈頭就罵，「人類真是最不講信用的鬼東西，活該活不過百年！人都死了，還有個狗屁契約在？揹他媽媽不洗澡！居然搞契約轉移這一套！老子該不會還要服侍你們子子孫孫永無止盡？我有沒有那麼倒楣？有沒有？」他開始指天罵地，又跳又叫的開始罵各國髒話和各國下流手勢，其流暢，其嫻熟，令人歎為觀止。

完全沒辦法插嘴和阻止他的劉非，念了五、六次將他召回的咒語，還被他惡毒的嘲笑很久，才滿頭大汗的將他收回。

整個晚上的打擊突然湧上來，她哭起來，恐懼的爬到師傅的懷裡，「好可怕啊師傅……」將師傅的睡衣揉得像是鹹乾菜。

「孟殷，好可怕啊……你們怎麼把公爵召出來啊……」向來高傲的狂夢死命一抱，孟殷覺得他的肋骨和脊椎都發出哀鳴。

這還不是最慘的，嚇得屁滾尿流的小貔貅通通衝進房間，一起爭著要爬到他身上哭訴……他覺得沒被鬼魂殺死，卻會被這些大毛團弄到窒息而死……

是誰說飛來豔福？為什麼他身邊的女性（不管哪個種族的女性）都有謀殺他的傾向？

天外飛來的只有橫禍而已啊！

* * *

險些被悶死的孟殷奮力推開貔貅、召回狂夢，後腰拖著怕得幾乎石化的劉非，舉步維艱去打了電話。等穆師傅一接起電話，孟殷痛痛快快的怒罵了快半個鐘頭。

穆師傅一直沒有作聲，只是安靜的聽他罵。「……對不起。」聲音很疲倦。

「說對不起有用，這世界就不需要警察了！」孟殷用最大的音量喊了起來。

「……是我錯。我想，你應該可以抵禦她的爆發……但我沒想到連你都擋不住。」穆師傅非常沮喪，「幸好母子平安……等等我就去接她。」

「你來接個空殼幹嘛？我不是為了她的爆發發怒，而是你為什麼不先告訴我？最少我也知道有個防備……」

穆師傅安靜了一會兒，「……之前，我把她送到『夏夜』過。我怕你若知道她做了什麼，很可能不願意收留她……但是我真的找不到人可以託付了。」

換孟殷沉默了。但是沉默之後，蘊含著更凶猛的怒氣，「她做了什麼？」

「……我說不出口。」

孟殷對著電話怒吼，「你也不用來接了，我自己想辦法！」

他粗魯的將失去聲音、呆滯的像是洋娃娃的夏朵拖進她的房間，命令貔貅看守她，帶著劉非趕去「夏夜」。

到了「夏夜」，卻沒見到他老好同學朱師傅，他心裡就有譜了。等把來龍去脈弄清楚，他已經氣得快爆炸，直接衝到「夏夜」附屬的婦產科。

穆師傅看到他有些驚愕，更多的卻是難言的苦楚。

「你到底知不知道自己的女兒做了什麼？」孟殷質問，「她差點毒殺了小朱的女兒！我的天哪……你把一個殺人狂送到我的研究所！」

「是我的錯……」剛生完孩子的穆夫人含著淚，「是我沒注意到她的不安全感……」

孟殷罵了一句粗話，「錯？對，你們是有錯，寵溺到這種無法無天，罔顧性命的地步，的確是你們的錯！她還需要什麼安全感？她不是需要安全感，她只是認為世界應該跟著她轉才對！」

穆家夫婦低頭垂淚，穆師傅艱難的開口，「……我不得不把她送走……她、她甚至試圖咒殺她還沒出生的弟弟……」

「是我就……」孟殷簡直要暴跳了。

「師傅，」一直很沉默的劉非淚眼汪汪，「請你不要生氣……她、她也只是想要一個屬於她的人……」

她哭了。

孤獨很痛、很痛。雖然每個人耐受的程度不相同，但是孤獨，的確是種灼燒之痛。因為太痛了，所以會畏懼，會尋求溫暖。

得不到父母疼愛的孩子長大起來，往往會不顧命的追求愛情。她之所以不會去追求那種虛幻，實在是殘酷的現實教會了她，愛情的實質是殘忍的，很可能，很有可能製造出跟她相同無辜又無奈的下一代。

她太愛護自己的自尊，沒辦法忍受這種污穢。

夏朵也只是……小得不知道追求父母以外的愛，她只知道獨占，不問手段的獨占。

「……小孩子不是天使。」孟殷忍住氣，「小孩子也是人類，人類就有畜生和神聖兩種相對立的天性。」

他生了一會兒的悶氣，看了看這一屋子老弱婦孺。

唉。這一定是他倒楣的命。不知道為啥，他身邊不是沒用的書生，就是柔弱的女人。抱著胳臂想了一會兒，他撥了內線給他的宿敵。

鬼裡鬼氣的羅師傅倒是滿訝異的，「你打電話給我？夏雨雪了嗎？」

孟殷乾笑兩聲，「不好笑。欸，羅，你的學生還有空缺嗎？」

「空滿大的。」羅師傅懶洋洋的回答，「事實上，我的學生都被我退學了。我不耐煩教笨蛋。」

「那……能夠役使複數以上鬼魂的役鬼者，你有興趣嗎？」

羅師傅好一會兒沒出聲，只有深深吸氣的聲音表示了他的極度興奮，「……在哪？」

「但她不是個容易對付的學生。她是個小女孩，今年也只有八歲。」

「八歲！」羅師傅的聲音尖了起來，「八歲就可以役使複數以上的鬼魂！那她的未來多不可限量！她是奇才，百年難遇的天才！她在哪？」

「她獨占的偏執非常強烈，而且差點殺了三個人。」孟殷很嚴肅的警告。

「這算什麼？」羅師傅冷笑幾聲，「研究鬼學的還怕殺人？你在哪裡？快帶我去找她！」

羅師傅幾乎是第一時間就衝來，跟著孟殷擠上他那台又破又小的嘉年華。一路上，孟殷跟他敘說夏朵的種種，他很專注的聽，卻什麼話也沒說。

等看到呆滯的夏朵時，他的眼睛都亮了。

「嗨。」羅師傅冷靜下來，「夏朵。」

她只用眼白斜斜的看著羅師傅，失去聲音也同時失去了她的武器，但是她的殺氣卻依舊洶湧。

「我，可以只屬於妳一個。」羅師傅蹲下來，和坐在椅子上的她平視，「妳想要嗎？」

她的殺氣漸漸降溫，露出迷惑又困惑的神情。眼前這個男子有著剛強的像是戰士的體魄，卻帶著一種世故的風霜，和森然的氣質。

那種氣質，和她很像。

「收了妳以後，如果妳的資質夠好、夠用功，我不會再收其他學生。」羅師傅傲然的一笑，「我不會娶妻，也沒有家人。可以只屬於妳……如果我說謊，妳可以馬上殺了我。」

夏朵的瞳孔馬上放大，她怔怔的看著這個陌生人。

「妳要嗎？我，只屬於妳。」

她幾乎是沒有猶豫的，拚命的點頭，點了又點，點了又點，眼淚在大眼睛裡不斷打轉。

多麼棒的眼神。羅師傅讚嘆起來。還是這麼小的女孩，就流露出女人的眼神，為愛瘋狂、極度偏執的眼神。

是值得他將一輩子賭下去的學生。

「但是，妳先成為我能認可的女人再說。我討厭笨蛋。」羅師傅站起來，「我會耐心的等妳，等妳成為最好的女人、最好的學生。如果想獨占我，就對我證明妳自己吧。」

他向夏朵伸出手，「要跟我來嗎？」

她立刻伸出了自己的小手，用力得幾乎要抓傷羅師傅。

「你的車我借走了。」羅師傅很自然的拿走了車鑰匙，「我趕著回去上課。」

孟般非常敬畏的讓開路，「請請請……」

他牽著夏朵，走了。

「……真的是一物降一物，什麼鍋要配什麼蓋啊……」孟殷真的非常驚嘆。

後來夏朵成了羅師傅唯一的學生，據說整個人都不一樣了。變得謙遜，有禮貌，溫柔又可愛，只是不肯離羅師傅太遠。

但是，她就算在「夏夜」遇到自己的親生父母，也跟對待其他人沒兩樣，並且再也不肯回家，甚至不承認自己還有家。

這樣的結局不知道算好還是不好。

經歷了這件事件以後，孟殷很矯枉過正的禁止研究所接收十五歲以下的學生，有陣子若有女孩子來，他還會如臨大敵，只差沒有蓬起尾巴恐嚇的哈氣。

而且，他又再次更改了興趣，突然很熱衷的抱了大疊的育兒教養、兒童心理之類的書，鑽研不已。

這個新興趣……應該不會引發任何程度的災難吧？劉非相當程度的不安過。

「妳知道嗎？夏朵接受的是英才教育，她一直都沒去過學校。」某天，孟殷從書堆裡抬起頭來，對著劉非講。

「我知道呀。」劉非覺得師傅很奇怪，「大部分『夏夜』的學齡學生都是這樣的，我從十四歲以後也沒再去過學校了。」

「但是朱師傅的孩子都上學的。」

「那是因為朱師傅覺得小孩子應該要先學習人際關係。」劉非搬起一大簍的衣服，到後院洗衣服了。

事後想起來，劉非實在不知道有什麼地方出差錯。總之，她的師傅不知道哪根神經不對，突然主動幫她做起家事（或說妨礙她也可以），甚至不顧她的反對，要她九月就去上學。

「……我通過了大學學力測驗欸！」她叫了起來，「為什麼我要去跟一群笨蛋念高中？」

「因為人際關係很重要。」孟殷嚴肅的說。

「……家事誰做？」她整個呆掉。

「我做。」孟殷義薄雲天的回答。

「……師傅，你頭殼壞掉了嗎？」

第五章　無垢之狂

劉非一直覺得，她的師傅外表看起來年輕又漂亮，事實上，作息時間跟菜市場的歐巴桑（或歐吉桑）其實完全一樣。

她已經儘可能早起來，還是鐵灰著臉，看著滿面春風的師傅端出了他們的「早餐」。

真的不能說是不豐盛……有蛋有青菜有肉，甚至還有鍋稀飯。但是所有的食材都是白水煮過加麻油和醬油，你實在很難說服自己這是一桌菜。

「……師傅，早餐和晚餐我煮就好了。」劉非臉孔發黑了，「你真的不用這麼早起……」

「哎哎，妳好好念書就好了。」他滿臉父愛的燦爛光芒，「乖，快點吃，我還煮了妳最愛吃的白煮蛋。」他把蛋殼都還沒剝的白煮蛋推到她面前。

……我從來沒有愛吃過這麼「樸素」的食物，師傅……

張了張嘴，又頹然的閉起來。師傅的確很沒常識，但是他這樣溫柔好心腸的煮飯，你真的很難傷他的心。

直著喉嚨，她硬把一碗稀飯吞下去，「師傅，晚餐等我回來煮吧。」

「哎呀，小孩子擔心那麼多幹嘛？」他催促著劉非，「快去上學，晚回來沒關係，和同學多點時間相處啊～」

欲言又止了好一會兒，劉非頹下肩膀，沉重的背起書包，悶悶的牽了腳踏車走出去。

目送劉非出門，他滿眶含淚。心愛的小女孩長大，當父母的都有點相同的驕傲和惆悵吧？如果可以，他也希望把小劉非留在家裡扁他，最少可以常常看到她……

但是許多研究報告和夏朵的實驗見證，讓他不能冒這種險。他和許多同學都安然的度過了暴風雨似的青春期，這不代表劉非也可以這樣。

他不願意看到劉非的臉上出現夏朵的瘋狂。

「越來越有爸爸的樣子吧？」他自言自語著，驕傲的挺起胸膛……轉眼看到滿目瘡痍的客廳，不禁有些喪氣。煮飯還是小事，打掃家務才是最嚴重的部分。

「呃……狂夢？」他客氣的喚著那位妖嬌的使魔，「可以請妳幫我打掃嗎……？」

話才剛說完，虛空中扔出一本宛如國語大辭典的合約，正中他的額角，狂夢美麗又冷冰的聲音傳來，「你自己查查合約，哪條寫到我得幫你做家事？當初騙我簽這本破合約，我可是從頭到尾讀爛了。你找啊！你給我找啊！我是當你的使魔，可不是當他媽的老媽子！」

摀著額角蹲在地上滿眼金星的孟殷，連個字也不敢吭。他怕一開口，狂夢拚著命不要，說不定會把整座火山扔出來。

所以說，他真討厭女人。不管是什麼種族的女人，架子都大得跟天一樣。只有他的小劉非那麼任勞任怨，體貼入微。

如果她扁師傅的時候下手輕一些，那真的十全十美了！

他轉眼，看到桌子底下呼呼大睡的小貔貅……又重新燃起一絲希望。

「欸，別淨在那邊睡覺，來幫我拖地板。」他踢了踢那群毛團。

結果這些忘恩負義的毛團，颼的一聲跑了個無影無蹤，真的是令人氣結。「……我養你們到底有什麼用啊？」他氣得手指發抖，「吃了我多少硬幣和伙食費，叫你們幫點小忙一個個跑得跟飛一樣……」

正氣得七竅冒煙的時候，突然門鈴響了。

……這種荒郊野外，也有推銷員上門？他搔了搔頭，一面開門一面說，「對不起，我們什麼都……」然後他的眼睛都直了。

他用力揉了揉眼睛，睜開來仔細盯著看。只見一麗人身穿輕軟紗衣，無數飄帶，宛如弱柳扶風，巧笑倩兮的看著他。

這種雍容、這種嬌媚、這樣飄然出塵的氣質……

他敢賭上爺爺的名譽，和爺爺的爺爺的名譽……以至於整個豢龍氏古往今來所有族人的名譽通通押下去……

「您……您是天人？」

「賓果！」這位氣質典雅的仙女很突兀的翹了大拇指，「果然是豢龍氏，眼光好得很哪！不要叫我什麼『您』不『您』的，我俗家姓孫，閨名無垢。」她非常活力充沛、並且現代化的猛烈握了握孟殷的手，張望著宛如核彈廢墟的客廳。

「情況有點糟糕，但還在我算計範圍內。」她信心十足的走進大門，「給我十分鐘，我給你一棟窗明几淨的可愛家庭！」

「……啊？」孟殷張大了嘴。

「你沒接到青鸞大人的信嗎？」無垢很自然的脫了飄飄的紗衣……轉瞬間，穿上圍著雪白花邊圍裙的黑色洋裝，頭上還很趣緻戴了一頂很小很小的小帽子。

「從今天起，我就是你們的管家了。」無垢非常愉快的宣布。

孟殷咚的一聲撞到了牆，大腦一片空白。

當然，他對無垢真的無從挑剔……即使拿掉「天人」這個尊貴的身分。他也不得不承認，這位身手敏捷的高明管家，在十分鐘內就讓混亂的客廳出現了嶄新的風貌。

而且，她在極度忙碌的情形下，依舊不忘替發呆的主人煮了壺極香的紅茶，還非常體貼的提醒他，紅茶倒入杯裡，需要稍候五秒鐘才喝，才能夠真正享用紅茶的美妙芳香。

這一切，都在極度有效率和安靜的敏捷中完成，她全身上下纖塵不染，站在光鮮亮麗的客廳中，像是英國王宮裡頭自制又專業的皇家管家。

……我是不是在作夢啊？孟殷抱住了腦袋。

「……我真的沒收到青鸞大人的信啊？」他還在徒勞的掙扎。

「青鸞大人有托喜鵲來送口信欸。」無垢的眼睛眨了眨，「我明白了，大約是主人不諳鳥語吧。」

……哪個正常人會懂鳥語？

「那沒關係。」她從雪白的圍裙口袋掏出一封信，「這是青鸞大人為我寫的介紹信。」

打開信封，幸好是易懂的小篆，孟殷鬆了一口氣。萬一是甲骨文，那真的不太妙，他看得懂的部分可能只有五、六成。仔仔細細看了青鸞的介紹信，文詞典雅流暢（雖然是古文啦……），意境深遠委婉，拿來當散文看也不為過……

但是通篇實在看不出來為啥一個天女跑來他們家裡當管家……他可不相信是因為他救了青鸞，上面的老大慷慨白貼個管家給他。

要知道，上面的老大是很小氣的。

她只含糊的謝過孟殷和劉非為她所作的一切，並請他善待這位天女級的管家。

孟殷還在發愣，天女管家已經施施然的走入廚房，開始準備午餐了。現在還不到八點欸！

「有些菜是工夫菜，」她美麗的大眼睛眨呀眨的，「我得先完成前置任務。」

……什麼前置任務？

「等等，等等……」孟殷喊了起來，「為什麼呢？青鸞大人信裡可沒提及。您看起來是頗有修為的天女，為什麼要來我這小小凡人的家裡……」

「哎唷，天界都是一群親友團啦。升官輪得到你？」無垢俐落的從冰箱裡搬出食材開始料理，「修再多年有屁用？實話跟你說吧，我東漢末年成仙，在天界的諸仙裡頭也算老資格了。再說我修得也勤勉，可不是『成仙隨你混千年』那種。但是有用嗎？我從成仙起，就在浴香殿倒茶水，直到現在，我還是在倒茶水……」

她審視過食材，該切的切，該下鍋的下鍋，迅速敏捷的像是受過專業訓練，「而且你知道嗎？天界一點福利都沒有啊！我的官位是『浴香仙官』，我呸！一天做上二十四小時，連點閒暇都沒有欸！你說說看，這有人權嗎？都二十一世紀了，人間第四台都在天界播翻天，你知道他們還要求我們這些仙官要『笑不露齒，行不搖裙』欸！他們到底懂不懂什麼叫做『女僕的藝術』啊？」

……女僕還有什麼藝術嗎？

「嗯，我還有很多活要忙。」她瞥了一眼孟殷，又從圍裙口袋裡頭掏出一本厚厚的小冊子，「我也知道主人是很忙的。但是為了未來合作愉快，希望您讀一讀這本合約。如果您覺得有什麼不合理的，我們商量看看，看如何修改，好嗎？」

孟殷愣愣的接過那本小冊子，無垢哼著歌，讓爐子上的高湯繼續煮，很自動自發的找出該洗的衣服，提著洗衣籃就往院子去了。

這本冊子真是鉅細靡遺……把她該做的工作項目一一列出。甚至包含「替寵物洗澡（不限數量）」的條文，此外還非常大度的將一切家務都包辦下來，甚至大愛到照顧方圓十里內的所有生靈（包括來短期研修的學生）。

孟殷不禁開始冒汗。拜託，做到這種程度的管家應該非常昂貴，你更不要忘記，她可是尊貴的天女啊～

但是翻到酬勞的部分，卻簡單樸素到讓他傻眼。

她要求每天工作八小時，每週日休假，最低的工資標準（遵照勞保局所制定），自己的房間和日宿三餐，和網路頻寬不可受限（？），還有最特別的，她要求每個月要提供她……

「魔獸世界月卡」？

「此外，最重要的是，希望主人和小姐可以尊重我管家的專業和尊嚴。」這是這本小冊子的最後一段話。

他呆掉了。這種超級不平等條約，很像是對待一個菲佣而不是對待一個黃金級的天女管家吧？

拎著小冊子，他冒著汗去找正在晾衣服的無垢，「這個……天女大人……呃，我是說，無垢小姐，妳確定這樣的合約妥當？」

無垢謙卑的笑（很適合她的衣服），「只做八個小時是不是太少？但我會把工作都完成，也會煮好晚餐……」

「不不不！我不是嫌時間少！而是……」他很難啟齒，「您只要這樣的報酬？這對您實在……」

「其實是還有其他的要求啦。」她笑得宛如春花，「只是我忘記寫進去了。」

孟殷倒抽一口氣，覺得大事應該不妙了。天女會想要下凡，通常都是為了情情愛愛的問題。萬一她要求孟殷去找一個千年前的愛人，他是要去哪裡查資料找人？「夏夜」再怎麼神通廣大，也只是人間的研究院，怎麼可能撈得到不知道轉生成貓還是豬的負心漢啊！

「如果……」她不好意思的低下頭，「如果可以讓我透支第一個月的薪水，先買台電腦給我……我真的會非常感激。」

……啊？

「不用太好的，」她搖手，「跑得動魔獸就可以了。」無垢楚楚可憐的大眼睛望過來，「……可以嗎？還是這個要求太過分……」

孟殷張著嘴好一會兒，「……我送您一台！這一點問題也沒有，真的！」

「那太好了！」無垢笑得奪人心魄的嬌媚，「沒辦法麼，人家初來乍到，人間的商家也不熟，網管天官又堅決不肯讓天界的電腦外流。」

……天界不但有電腦，還有網管啊……孟殷覺得有一點點暈。

等傍晚劉非回來了，也跟她的師傅一起呆滯。

天啊，她差點以為走錯家門……若不是他們家在這窮鄉僻壤的荒郊野外，只此一家別無分號，她一定以為走到鄰居的豪宅去了。她自認打理家務的手段不差，但是要用幾塊布、變動一下擺設，就可以營造出這種矜貴低調的豪華感，除非重新出生，不然她永遠辦不到啊！

更讓她驚駭的是，只見一位陌生麗人迎來，笑語嫣然的接書包，「小姐辛苦了，晚餐準備好，主人已經在等您用餐了。」

妳在喊誰？哪裡來的小姐？

她在呆滯的狀況之下，吃完了精美無比的晚餐，而那位美麗至極的管家，將廚房和餐桌收拾好。

「對不起，無垢下班了。若是您真的有需要，可以搖鈴呼喚我。」

「……呃，不用了，下班以後是妳的時間。」孟殷如夢初醒，「謝謝妳的晚餐，真是太好吃了。」一面用手肘頂劉非。

劉非這才驚醒，「真的真的，好好吃，真沒想到是這樣美味。」

「主人和小姐喜歡，是無垢最大的榮幸。」她笑得那麼美，就像一陣春風拂過，「無垢先告退了。」

她宛如弱柳扶風般，雍容華貴的上了樓梯，劉非張大嘴，好一會兒才猛搖她的師傅，「師傅！你老實說！你去哪兒拐來的？天哪，她她她……她不是、她不是人欸！」

她知道這樣聽起來很像在罵人……但絕對沒有這種意思。這麼說好了，青鸞也不是人。但是她很本能的知道青鸞的高貴，很自然而然的服侍她。

現在跟青鸞等級差不多的「人」來家裡煮飯給他們吃！這這這……

被她搖得亂晃的孟殷總算冷靜了一點兒，「她是天女。而且是成仙有官職的仙官。」

「師傅！」劉非跳起來，她是知道「夏夜」有些師傅會設法召喚或奴役某些等級比較低的魔，甚至收服些妖仙也是有可能的……但是，一個有官職的天女？

「師傅啊！你不會做家事我不會怪你，剛來的時候我也知道你的德行了！」劉非抓著他的前襟猛搖，「你不會做我做嘛！你需要冒著性命危險去拐一個天女來？天啊～這不是死人可以解決的啊！」

「她是青鸞大人介紹來的！」在被掐死之前，臉孔漲成豬肝色的孟殷嚷起來，「我是無辜的，別真的掐死我～」

等劉非看了介紹信和合約，也跟他師傅一樣發愣。甚至也有相同的，大禍臨頭的感覺。

俗話說，「天下沒有白吃的午餐」，更有某個偉人說過，「天上掉下來的只有鳥屎，絕對不會是什麼禮物」。

他們的心裡，不約而同的湧起相同不祥的預感……

*　*　*

不過，不祥的預感卻一直沒有實現。或者說，兩個月內，一切平安。

他們的管家真的是專家級中的專家級，將他們的生活照顧得妥妥貼貼，也把眾寵（呃……當中不乏猛獸毒禽）統治得有條有理。最重要的是，她公私分明，上班時間是謹守分際的專業管家，下班以後一點天人的架子都沒有，像是親切的鄰家姊姊。

或許是太親切了，對這對師徒無趣的書蟲歲月頗感不滿。

「不看電視、不看漫畫，不打電動。」無垢抱怨著，「你們活著有什麼意思？來來來，無垢姊姊教你們玩魔獸。」

玩魔獸？劉非狐疑的看著腳邊纏著要硬幣的貔貅，和窗外偶爾可以聽到的小愛吼叫聲……她覺得不用打電動就天天有魔獸可以玩了。

「我功課還沒寫完。」她歉意的笑笑。

「我還有一堆研究資料沒有看。」孟殷趕緊拿起厚厚的書擋住。

「真是無趣的人……」無垢喃喃抱怨，從冰箱拿了一罐冰牛奶，「你們是不是童年失歡啊？」

等她走了以後，劉非悄悄的問，「師傅，我們這樣算童年失歡嗎？」

孟殷也在思考。他好像識字以後就一頭栽入文字的海洋，不大有童年的記憶。

「沒人規定童年怎麼過吧？」他低頭繼續研讀又厚又充滿術語的文獻報告。

劉非偏頭想了想，她從來沒有看過漫畫，也不喜歡看電視，當然也沒打過電動。但也不覺得人生有什麼缺憾。

聳了聳肩，她繼續寫她的功課。

相處越久，驚駭的感覺漸漸淡去，但是劉非還是常有不可思議的感覺。

下班後的無垢和上班時的無垢實在落差太大了，相熟之後，雖然無垢總是黏在電腦前面，但是女孩子嘛（不同種族也是女孩子啊！），有時候也是會聚在一起談心的。

「……無垢姊姊，其實，妳也不用那麼……認真。上班時不需要那麼恭恭敬敬的，我對師傅都沒那麼恭敬啊……」

「哎唷，妳不懂啦。」無垢咯咯笑，「我問妳，上班的時候我穿什麼？」

「……有花邊的圍裙和小帽子。」她一直覺得那種打扮很奇怪。

「那可是正式的女僕裝呢！」無垢言下非常自豪，「怎麼樣？我cosplay的很像吧？所以我說啊，人間的小朋友根本就沒有抓到cos的精髓……」

劉非抬頭起來，滿眼迷惑，「……什麼是cosplay？」

無垢驚駭莫名的看著她，「……我的天哪，妳到底有沒有童年？沒有童年就算了，難道連青少年都沒有？誰來拯救這個無辜少女失歡的靈魂啊～」

……有這麼嚴重嗎？

「就跟妳說了，書讀那麼多要幹嘛？一點樂趣都沒有！可憐連cosplay都不知道……我說呀，小劉非，妳生在人間多麼幸福，這麼多樂子妳卻一點都不知道！我們天人可是羨慕的口水直流呢！每年同人誌販售會的時候，我們只能看著電視或網路消息猛忌妒，卻不可能參加，妳可以參加卻連這個都不關心，這是什麼世界啊～」

……什麼是同人誌啊？但是劉非很聰明的不敢問，看無垢這樣悲痛到哀戚的地步，她覺得讓這個仙女姊姊這麼痛苦是不對的。

抓了抓頭，第二天，她滿懷問號的去上學。她在學校有名的沉默，當然也不會有朋友。班上的同學將她和那群只知道念書的書呆子劃成等號，很涇渭分明的不互相干擾。

剛好她隔壁的同學正在看漫畫，她瞥見漫畫的封面……眼睛都直了。這不就是他們超級管家的打扮嗎！

「這個……」她頭一次跟同學主動說話，「這就是『女僕裝』？」

她的同學一整個嚇到。啞巴了半個學期的好學生突然跟她講話，真的滿嚇人的。

「……對呀，妳有興趣嗎？」

大新聞大新聞！那個全學年第一名的女生會關心漫畫，不是外星人欸！

興趣？既然無垢姊姊那麼喜歡打扮成這種樣子，她總有個基本的好奇心吧？

「……嗯。這個，能借我看看嗎？」到底「女僕」是什麼東西？難道不是管家的意思？

「都借妳！」同學把整套拖出來，「呃，我可以跟妳借英文筆記？」

「英文筆記就好嗎？」跟人家借了這麼多書，卻只還一本筆記好像不太好……

「我所有的筆記都在這裡，妳自己挑好了。」

為了跟無垢姊姊相處得好，她開始很認真的看那套名為《艾瑪》的漫畫。

「……我可以影印嗎？」同學嚇壞了。

「可以呀。」她不覺得這有什麼特別，「我可以問個問題嗎？」

我挖到寶了……同學樂得有點昏頭，我這次月考有救了！「妳說妳說，妳問什麼我都說！」

「什麼是cosplay？」

這話一出現，另一群女生也跟著震驚了，「妳對cosplay也有興趣？」她們以為書呆子只會讀書，沒想到還會關注這個哩！

「讓開！讓專業的來說！」幾個非常狂熱的女孩子衝過來，「其實啊，cosplay是英文中的costume play簡寫，意同costume piece。意思是：強調舞台服裝的戲劇。這個詞兒在COMIKET（日本最大販售會）的召集人於場刊上的撰文中，藉此詞表示會場內要扮演動漫畫人物為主啦。後來為了方便短時間內傳播，並出現cosplay這樣的縮寫。在台灣，COSPLAY中譯為『角色扮演』。當然也有廣義的說法啦，但是大部分都是這樣的解釋……」

「只cos外表沒有意義啦，」另一個女生叫了起來，「內涵沒cos到，光有個殼有什麼用？」

……我想她們跟無垢姊姊一定會處得很好的。看著吱吱喳喳爭辯不已的同學們，劉非默默的想著。

她將漫畫借回家，分給師傅看。師傅很快的看完，迷惑的望著她。「……用畫的電影？分鏡分得不錯。」

劉非略感安慰，不是她沒看過漫畫而已。「師傅覺得怎麼樣？」

「什麼什麼怎麼樣？」孟殷更迷惑了。

「女主角的衣服……」

「嗯？哦哦！對，跟無垢的衣服是一樣的……」他的迷惑更深，「為什麼要學漫畫穿衣服？我沒看過別人這麼穿欸。」

「這叫做cosplay……」她很耐著性子跟師傅講解。

「為什麼當管家得cosplay？」孟殷問了。

劉非一時語塞，問得好，其實她也想問。「……興趣吧？」

「這也算興趣嗎？」孟殷覺得非常不可思議，「天人都這麼奇怪嗎？」

冷不防的，他們身後傳來一句憤慨，把劉非嚇得直接跳進孟殷的懷抱。

「才不是呢！只有她怪胎行不行？真受不了……別把所有天人都拖下水！」

他們在黑暗中，看到了怒火熊熊的三隻眼睛……對，你沒看錯，是三隻。只見來人劍眉星目，面如冠玉，真是天上少有，人間無雙的美男子……

問題是他再怎麼帥也有三隻眼睛啊！

「……鬼～」劉非逼緊嗓子叫了起來，一把鑽進師傅的懷裡。

「什麼鬼？沒禮貌！」古裝帥哥生氣了，「我堂堂二郎神讓妳看成是鬼？我的面子要擺哪？」

「……楊戩楊大人？」孟殷張大了嘴，換他想昏倒了。

這是怎麼回事？孟殷抱著發抖的劉非整個獃住。若不是劉非這麼害怕，他真的想乾脆暈倒算了。

當人家師傅暈倒能看嗎？這就是為什麼他能保持清醒的主要緣故。

為什麼呢？他只不過是因緣際會救了青鸞大人，然後青鸞大人為了表達謝意，讓一個仙官來他家裡當管家，為什麼又突然冒出天帝的外甥（天界的皇親國戚欸！）來他的窮酸研究所？

到底是……

二郎神沒好氣的看了看這對沒用的師徒，自己拉了張椅子坐下，「嘴巴張那麼大幹嘛？不怕有蒼蠅飛進去？」

孟殷趕緊把嘴巴閉起來（還差點咬到舌頭），「這個……楊大人為何大駕光臨寒舍？」

「是滿寒磣的。」二郎神挑剔的看了看環境，表情有些不自在，「我說路過口渴來要杯水，你們相信嗎？」

雖然凡人畏神幾乎成了本能，但是這對無用師徒還是很誠實的搖了搖頭。

二郎神煩躁的抓了抓頭，「……我也不相信。」他左右張望了一會兒，「那個……我是說，那個笨蛋女官，有沒有懺悔了？」

笨蛋女官？孟殷滿眼迷惑，想了想恍然大悟，「您是說無垢小姐嗎？」

「混帳！」二郎神勃然大怒，「仙官的閨名是隨便你一介凡人亂叫的嗎？」

他幹嘛那麼生氣？再怎麼沒有常識，孟殷也是看著同學演過愛情偶像劇的。孟殷無奈的將眼神飄忽開來，「是。您是說仙官大人嗎？」

二郎神的氣略略平了些，「……就她。她來你們這兒當下人，有沒有吃苦？有沒有反悔自己的失職？」

「……我看她每天都滿樂的。」確定他不是鬼以後，劉非比較鎮靜了。「上個禮拜天，她還去參加公會網聚，回來跟我說好多男生都跟她告白。」

孟殷要阻止已經來不及了，二郎神氣得怒髮衝冠，磅的一聲炸掉了他們的餐桌。

一陣粉塵瀰漫，這對無用師徒抱在一起發抖。

「……哪一個？是哪個凡人不知死活意圖染指天上仙官！她跟誰在一起了！」二郎神聲音不高，陣陣迴音卻讓這對無用師徒頭暈腦脹。

「……無垢姊姊說，網路歸網路現實歸現實，她說談戀愛太無聊，所以誰也沒有答應。」劉非聲音發著顫。

二郎神面容稍緩，卻深深傷悲起來。「她為什麼學不乖呢？她要升官是升不上去了，做什麼這麼執著？要她嫁給我，馬上就成了王妃，官位馬上就一飛沖天，不更快更好？」

雖然害怕，但是劉非向來是很誠實的。「……你這麼跟她求婚嗎？」

「對呀。」沮喪的二郎神沒注意到劉非的直率。

「坦白講，若是有人這樣跟我求婚，我絕對不會答應的。」

二郎神瞪了她好一會兒，卻沒有火氣。「……為什麼？」

「最少也該說句『我愛妳』吧？」劉非以為自己已經很沒有戀愛這方面的知識了，沒想到有人比她更笨。

這位古裝帥哥呆了好一會兒，才說得出話來，「……聞君一席話，更勝十年書。」

劉非只覺得滿臉黑線。她對帥哥美女智商方面的評價，又降低了好幾個百分點。

原來，無垢會來他們家當管家，是有段曲折又離奇的緣故。

無垢童年修仙，晉升仙班後，一直安分守己，克盡職守。和其他芳心寂寞的女仙官不同，她一直都很專注的在修煉和自己的職位上面，用人間的話來說，是個企圖心很強的女強人。

不過，她運氣不太好。她是苦修成仙的，可以說沒有半點家庭背景。再加上天庭重視出身的晉用規則和頑固沒有變化的重男輕女，即使她能力很強，法術精湛，還是淪落到只能在浴香殿侍茶。

嚴格來說，二郎神不居留在天界，但是偶爾應詔上天的時候，對無垢仙官一見鍾情，但是這位狷介的仙官卻拒絕他的求婚，更賣力苦修，希望能夠調到比較能夠發揮的部門。

（坦白講，那麼遜的求婚，哪個有自尊的女生肯答應……）

「說起來，電視和網路真是毒害！」二郎神非常痛心疾首，「無垢會淪落到這種地步，都是該死的電視和網路害的！」

人間漸漸的進步，廣播電視出籠的同時，不但迷住了凡人，也讓許多天人藉著研究的名義，沉迷其中。天帝看這樣禁不勝禁，實在不是辦法，乾脆開放了。後來索性連網路也開放出來，原本枯燥乏味的天界也開始有了人間的娛樂。

當中影響最深的，反而是這位狷介嚴肅的浴香仙官。像是從一個極端走到另一個極端，她開始沉迷，荒怠職守，終於引起了長官的憤怒，意欲將她革去仙職。是與她交好的青鸞重返天庭，和二郎神聯名懇求，才以「為奴為婢」為手段，罰她下凡。

「妳知道嗎？」二郎神真的非常憤慨，「自從她沉迷在該死的電動上面，她一天當班不到二十個小時！居然花費四個鐘頭去打電動！身為一個仙官，怎麼可以這樣呢……？」

……沒有人性的是天界吧？一天當差二十個小時，這徹底違反勞基法啊！

孟殷聽了半天，抓了抓頭。「呃，那楊大人今天來是為了……？」故事很好聽，但他還是不知道這個三眼帥哥來幹嘛，「如果你想見無……我是說，仙官，那我去叫她……」

「不行不行，」楊戩緊張起來，「她知道我來的話，一定會開罵的……她說她的事不要我管……」說著說著，他更傷心了，「當天帝的外甥，難道是我的錯？又不是我愛當什麼鳥王爺的……我什麼都沒做，她說我連呼吸都要特權……」

……好像每個戀愛中的人都很蠢，不只他那幫老同學而已。天人，好像也沒有例外。

「那有什麼我可以幫忙的？」孟殷很客氣。

「你不會虐待她吧？」楊戩豎起三隻眼睛，「我告訴你，判例是這樣寫沒錯，但你好歹也尊重一下她是個好仙官！」

……誰敢啊？

「我們都很尊重她。」孟般趕緊打包票。

楊戩稍稍安慰了些，又婆婆媽媽的叮嚀又叮嚀，這才依依不捨的離開。

等他走了一會兒，這對無用師徒的心臟好不容易恢復平靜……無垢一開口，又讓他們兩個跳起來。

「啊那個三眼笨蛋就這麼走了？」她倚著門框，冷冷的問。

……三眼笨蛋。他們是該應還是不應呢……？「妳若是說楊戩楊大人，他是剛剛走了。」

「呿。」無垢倔強的頭一甩，「現在又這麼聽話了。男人不霸道一點，讓女人怎麼能心服啊？笨蛋就是笨蛋。」

……不然妳要他怎麼辦啦！妳直接講好不好？

等無垢忿忿的衝回樓上打電動，孟般嘆了口氣，摸著劉非的頭髮，語重心長的說，「小劉非，這些都是反面教材。妳交男朋友的時候，可不要學他們這樣莫名其妙啊。」

「……師傅，你有病啊？我才十六歲，談個鬼戀愛？」

麻煩到此為止了嗎？你想得太美麗了。

二郎神沒事就跑來「路過討茶喝」，順便問問無垢過得如何，有的沒有的囉唆一堆，完全不問時間不問地點，劉非就曾經慘叫著抱著浴巾從浴室一路狂奔衝進孟殷的實驗室。

孟殷將臉別開，「……去把衣服穿好。」

「我不敢去！」劉非尖叫著，「二郎神在我房間裡！」

孟殷要走去講理，後腰還拖著一個包著浴巾怕得不斷發抖的小女生。

「楊大人，這真的太過分了。」孟殷實在無法忍耐，「連女生洗澡都要打擾，您不覺得這樣很不合禮儀嗎？」

「我只是走錯門。」他倒是很理直氣壯，「我會看上這種發育不全的小鬼？」

「……」他將楊大人請出來，好讓劉非換上衣服，「我能請問您今天來是為了……」

「路過剛好口渴了。」他回答得很順理成章。

孟殷真的很想拿冰過的鹽酸給他止渴。

在這樣雞飛狗跳的騷動中，唯一可以無動於衷的，只有窩在房間裡拚命下副本的無垢。孟殷不相信她完全不知情，也不信她下個副本就盲聾啞三重苦。

她根本是故意的吧？

怎麼吵怎麼鬧，原本孟殷都可以忍受。但是把劉非嚇哭，他真的要爆炸了。他動手搖了當初無垢給他的管家鈴。

當然這是賭氣。他也不覺得搖個鈴鐺無垢就會出現，只不過想要表達他虛弱的抗議罷了。

所以當他的超級管家出現的時候，他張大了嘴。

「主人，有事嗎？」她是這樣有禮而自制……即使沒換上女僕裝，還是那副標準貴族管家的風範。

呆了好一會兒，孟殷橫了心，「麻煩妳，無垢小姐。和這個男人好好談談。」

無垢遲疑了幾秒鐘，旋即滿臉堅毅的看著無處躲的楊戩，「你找我家主人小姐有什麼事情？」

那樣蠻橫、完全不講道理的驕傲二郎神，突然變成青春期發動的羞怯少年，絞扭著手指（？），期期艾艾的講不出一句完整的話，只是一味的搖頭。

「那麼，是找我囉？」無垢雙手叉腰，身後出現了猛虎般洶湧的怒氣。

「……我、我知道妳叫我別來找妳……」楊戩終於擠出細微的像是蚊子叫的聲音，「但是我、我……」

「知道你還來？」無垢冷靜的面具終於崩潰了，「我想你會不會自制，所以也不去說破你，結果越來越不像樣，還是那副皇親國戚的特權嘴臉！不嫁不嫁不嫁啦！牛不喝水強按頭嗎？我說不嫁就是不嫁，聽到了沒有！」

「但是我愛妳啊！」他終於鼓起畢生的勇氣，吼了出來。

無垢愣了一下，將臉轉到一邊，「……哼。」

「哼是什麼意思……」大聲抗議的二郎神聲音漸漸虛弱，因為無垢正在瞪他。是怎樣？他記得以前沒有這麼怕無垢啊！但是對她越傾心，就越怕她……說出去笑掉所有人的大牙，但他就是、就是沒辦法啊！

「我不愛任何人。」無垢轉開眼光，「枉你修仙這麼多年，還看不破？你眼前覺得這枝花兒好，千方百計弄了來，三天就丟開。『愛』這種東西朝花夕拾，有什麼好執著的？你修仙修到哪去了？你是笨蛋嗎？」

「妳才是笨蛋呢！」二郎神生氣了，「妳知道愛是虛幻的，難道不知道功名利祿也是虛幻的？讓妳當了某某司某某宮主又怎麼樣啊？那還不是一場空？有什麼是可以永恆不變的嗎？都成了仙了，什麼祿位有什麼差別嗎？」

「我不是為了祿位！」無垢揚高了聲音，「我連神仙都不希罕當了，何況這種虛名！」

「妳若不希罕當神仙，幹嘛不乾脆解職下凡？」二郎神也跟著她大聲，「妳當凡人我還可以罩妳咧！」

「為什麼我得自請下凡啊？我要的只是公平、公平你懂不懂啊！」無垢整個火起來，「我千辛萬苦的成了仙，兢兢業業的累積了這麼多的ＤＫＰ，我卻連標祿位的權利都沒有？有沒有天理啊？要我退天庭公會浪費ＤＫＰ，沒門！我偏偏就是要跟他們耗下去，就算是裝死的耗我也爽，怎麼樣啊！」

三個人……對不起，是二人一神都愣住。劉非怯怯的拉了拉孟殷，「……師傅，你聽得懂無垢姊姊說什麼？」

孟殷苦笑著搖了搖頭。他瞥了瞥目瞪口呆的二郎神，想來他也是聽不懂的吧……

從那天起，楊戩就不再來了。這本來是值得高興的事情。但是他們的信箱每天都會收到一封「情書」。

那真的有本書的厚度，寫滿了龍飛鳳舞的蠅頭小楷，這樣有分量的情書……真的很傷眼力。

無垢收到這封（或說這本？）情書，總是看也不看的往廢紙回收垃圾桶一扔。但是讓劉非和孟殷扁眼的是，這「本」情書早上扔，晚上就會無故失蹤。失蹤去了哪……大家都心照不宣。

劉非和孟殷雖然知道情書的下落，卻不知道無垢的矛盾心情。

祿位真的不算什麼。只為了一口氣，一種付出卻沒有獲得的怨恨。她明白楊戩的心意，卻知道自己絕對無法和皇家結親。她這樣一個不溫馴的黑羊，皇家的門對她來說，太高也太遠。她也不願意被人家講，她攀裙帶關係。

太自傲，是個女官的致命傷。但她多麼為這個致命傷驕傲。

而且，她也不知道自己喜不喜歡楊戩。她和楊戩認識這麼多年，交談恐怕不過百句。

為什麼他知道他就是喜歡我？為什麼我不知道？

現實的鬱鬱不歡，讓她接觸到人間的娛樂時得以遁逃。漸漸的，她發現，或許那樣的執著和不解用不著打死了結，說不定，她可以放自己和別人一馬。

當她驅馬奔馳在虛擬的世界時，她的確無憂無慮的像個人類般。將所有身分都放在螢幕之外，說不定這樣可以活出真正的自己。

問她貶下凡塵的感覺麼……她要說，這是她鬱鬱千百年來，最快樂的一段時光。

只要付出相對的努力，她就可以過自己想過的生活，多美好。

Cosply一個最好的管家是種樂趣，在網路裡當個最好的牧師，也是種樂趣。不管螢幕後面是什麼樣的眾生，都在追求一個共同的冒險，屏棄一切不公平……這說不定正是她一直在追求的。

* * *

這一天，她如往常的時間上線，很熱情的和公會的人道過安……然後一個人密了她。

她望著那兩個字發呆。那個人叫做……「楊戩」。

「……你是誰？」她希望這只是個可笑的巧合。

「妳都不回信……」那個等級一的戰士好一會兒才回答。「我打字慢。」

「你怎麼知道……」無垢覺得一昏，應該是天庭那個該死的網路仙官告訴他的……那傢伙上班時間也偷玩魔獸（而且練了隻陰險的術士），還跟她同伺服器同公會哩！

「妳先不要生氣嘛！」螢幕那頭的楊戩滿頭大汗的慢慢打字，「我只是想告訴妳，在我變強之前，我不會來找妳。但是我變強的時候，請妳讓我站在妳的前面，為妳擋住一切。」

無垢瞪著螢幕發怒，好一會兒，她突然覺得眼眶一酸。「……你是笨蛋！」

過了很久，才收到他的回訊，「對，我是。妳又不是今天才認識我。」

無垢哭了。

之後，雖然算不上甜蜜，最少兩個人（兩個神？）努力的認識對方，雖然是透過一種可笑的媒介。

＊　＊　＊

「師傅，」劉非端咖啡給孟殷，憂心忡忡的，「若是無垢姊姊知道我們偷偷提示楊戩哥哥，會不會生氣啊？」

「生氣一定要意思意思生氣一下啦。」孟殷頭也不抬的埋首書堆，「不過楊戩會遭殃吧？做人還是厚道一點比較好……」

劉非把手蓋在書堆上，扳住孟殷的臉，「那，你怎麼知道這樣可以打動無垢姊姊？」

「……因為她是女生啊。」吃過那麼多女人的虧，所謂久病成良醫。

劉非滿眼迷惘，「……那是假的欸。就是網路遊戲的小人兒欸。就算當戰士擋在她前面又怎麼樣？」

孟殷笑了出來。聽說女孩子都比男生早熟，但他的劉非，還很純真。

「等妳長大就明白了。」他溺愛的摸摸劉非的頭髮，「不過不管是什麼情形之下，師傅都會擋在妳前面，是災是難，都要過我這一關。」

「……師傅，我起雞皮疙瘩了。你不要瓊瑤腔好嗎？」

《養蠱者　完》

翩行者

之一

「妳還可以繼續逃嘛。」女孩有著葡萄酒紅似的眼睛，冷冰得宛如夜風，「逃得掉我就不再找妳麻煩。」她手裡拿著霜亮的死神鐮刀，姿容彷彿是最美麗也最可怖的死神。

滿身是血的妖狐甩著兩條尾巴，露出牙齒，憤怒的皺出怒紋。當她盡全力衝上前的時候，女孩俐落的閃過，飛快的砍下她一條尾巴。

「啊～啊啊啊～～」妖狐轉身看著自己的尾巴，突然坐下來大哭，「我的尾巴啦～妳欺負人家……還人家的尾巴啦～～」

女孩臉上沒有表情，眼神卻出現了困擾。這種沒有神經的模樣，她突然想起自己的母親……

不由得長嘆一聲。

「……妳怎麼這麼暴力？我又沒怎樣！都是那些男人來找我的啦∫我也不過藉著做愛的時候吸一點他們的生氣啊？要不然他們還不是白白浪費在女人身上？讓我吃飽會怎樣？嗚嗚嗚∫還我的尾巴啦……」

「……我本來也不想苛責妳。」女孩將鐮刀一斂，「但是也不能為了吃飽，害那個男人不出門工作……他到底還是人家的父親呀……」

嘖，到頭來，真正的罪魁禍首是……女孩衝進屋子裡，舉起鐮刀準備砍向癱軟的男人，「乾脆把這傢伙砍了算了！下輩子再去補償你妻子兒女吧！」

「不！」狐妖擋在前面，「妳怎麼可以殺人！他只是好色點，又沒有怎樣！」

看著一身血卻毅然護衛著的狐妖，女孩拉起了一絲淡到不能再淡的笑意。

「哪，」她將尾巴丟在狐妖面前，「妳叫狐叉吧？尾巴還妳。不要再讓我抓到了。我很不擅長說服的。」

拿起自己的尾巴，狐妖妖豔的面容依依不捨的轉向翻白眼又昏過去的男人，毅然決然的飛躍在天空……

然後結結實實的摔在地上。

「妳不是要放我走？為什麼又拉著我尾巴不放？」她哇哇的哭起來。

「我是要放妳走。」那張淡漠又清豔的臉靠近她，「有件事情要妳幫忙……」

*　　*　　*

「五百萬！」驚天動地的聲音幾乎掀了屋頂，女孩不動如山的坐在闊太太的面前喝茶，「趕走一個狐狸精要五百萬？」

「那是個貨真價實的狐狸精。」

「免談！」她丟了一張五百塊，「走走走！誰知道妳是不是跟那個狐狸精勾結？」既然趕走了那隻妖怪，我就不信這樣的小鬼能對我如何，「再不走，陳翩，我要通報你們學校妳非法打工！」

嘴臉和前幾天那個聲淚俱下的女人真是同一人嗎？陳翩拿起五百塊，「女士，妳還欠我四百九十九萬九千五百元。以後我再來收。」施施然的走了。

「哼，一個高中小女生罷了。要不是林雲大師沒空，我才不想拜託妳呢。」闊太太啐了一口，走到臥室，聲音又放柔，「老公……哇啊啊～～妖怪，妖怪呀～～」

狐叉不過是露出微笑，闊太太已經跑得身後一股煙。

站在圍牆外，陳翩伸了個懶腰。環遊世界比她想像的耗錢，得好好打工才行。看起來，這筆帳應該收得回來。

不過……就讓狐叉快活幾天吧。

她美麗的瞳孔掠過一絲溫暖的笑意。

之二

「妳以為妳還是天界的翺行者？」眼前的應該是人類，眼神卻帶著野獸的瘋狂，「我早就研究過妳的死神鐮刀和屬性了！」抖出一段匡啷啷響的鎖鏈，「這是鎖龍鍊！當初應龍一族就是滅絕在這法寶之下！被桎梏在人類軀體裡的妳……還能剩多少法力？乖乖把妳的靈體貢獻給我吧～」他揮動鎖鏈像是揮動長鞭，疾然而至。

女孩面無表情的微偏頭，鎖鏈像是長了眼睛，回馳向她纖細的頸項……

她反身一劍，鎖鏈纏在桃木劍上，居然動彈不得。

「妳……妳沒有使用死神鐮刀？」老道愣了一下，隨即獰笑了起來，雖然鎖龍鍊專剋死神鐮刀的招式，她卻什麼不好用，偏偏用桃木劍，「但是……妳不要忘記了，金剋木！」

「你好像也忘記了，」她的聲音冷淡淡的，悅耳卻缺乏溫度，「木生火，而火剋金。」話聲未絕，桃木劍燃起天火，回溯到鎖龍鍊上。鎖龍鍊耐不住火熱的包圍，現出龍形反噬驅策他的主人。

「哇啊啊啊～」老道慘叫著，長長的尾音拖著，漸去漸遠。

真不錯的輕功。她手搭涼棚，望著遠去的黃金龍身和飛疾的人影，將桃木劍收回長笛的笛袋裡。

死老頭的話還有點道理。她望望收起來的桃木劍，果然比死神鐮刀容易控制力量。

* * *

最近一睡著，就會被喚到舒祈的某個檔案夾裡。

「看招！」話未歇而招已至，凌厲的掌風夾著雄厚的靈力而來……

翩反手一拳，登時打得老人家鼻血長流，哇哇大叫。

真是不知死活的死老頭，她蹲著看正在打滾的老道士，不由得輕嘆一聲，「夠了沒？你已經累積八十一敗績了。」

「開什麼玩笑？」他摀著鼻子，有些甕聲甕氣的，「在妳拜師之前，我絕對不放棄。」忍著痛爬起來，「咦？妳今天用過桃木劍了？」

她牽牽嘴角，勉強算是笑。

「怎麼樣？好用吧？」老道士得意起來，「到底還是輕便的武器好啊。死神鐮刀雖然不錯，一動用總是容易失控，人間禁不起這樣的神兵的……佳兵不祥啊！……」

「謝謝你。」她語氣卻敷衍沒有謝意，「那，我可以走了吧？」

「不行！」他一把抱住翩的大腿，忍住被她肘擊天靈蓋的痛，「妳不拜師，我絕不放妳走！」

「我拜一個被我打敗八十一次的師父幹什麼？」翩忍耐著老人家，盡量不下重手，「你說個理由我聽聽看。」

「因為妳的力量太強，自己又無法駕馭，所以……用符咒和桃木劍可以壓抑妳的能力！」

翩冷靜的思考了一下。

發現她動搖了，老道士趁勝追擊，「這種能力也很煩人吧？簡直像核彈一樣……翩行者能力全開的時候，可以殲滅整個天使兵團欸！雖然妳降生以後，肉體讓妳原有的能力降到百分之一，還是驚人的很啊！說不定哪天，妳一怒就消滅了整個都市……」

「別再說了。」她的聲音結滿寒霜。

「好好好，」老道士趕緊投降，「但是，妳若學了符咒和桃木劍就不一樣。妳不是利用捉妖降怪打工？殺雞焉用牛刀？這可是騷動最小，收效最速的方法喔！保固期九九九年，永遠不褪流行，當真是越用越陳，越陳越香，古今中外……」

「好了。」翩厭煩的止住他，「就告訴你購物頻道不要看太多。」仔細想想，也對，「就讓你教我吧。」

一聽這話，老道士馬上把腰桿板得挺直，鼻孔向天，「孺子可教也。快磕頭拜師吧……喂！妳去哪裡？快回來拜師呀！」

哪裡學不到符咒？她有點困擾的回頭，「……為什麼非收我為徒不可？」

「因為……」他頹喪起來，「我生前收不到資質這麼好的娃兒當徒弟……」他熱淚盈腮，「收了一些飯桶，只會裝神弄鬼，害我堂堂茅山正派，被人家看成邪教野狐禪！我怎麼有臉上天見歷代的祖師爺呀～」嗚嗚的像小孩子一樣哭起來。

「你都死五百年了。」翩蹲著看他哭。

「死再久也是茅山派的掌門呀……」鬚髮均白的老道士寂寞的望著天際，「好不容易遇到資質好的娃兒，舒祈死都不學，妳也不理我……」嘤嘤啜泣了起來。

鼻涕眼淚的真醜。翩下了個結論。

師父？哎……拜個被自己打敗無數次的老頭當師父真是……

「師父。」

「娃兒，妳說什麼？」老道士忘記掉眼淚。

「我說，師父。」她站起來，臉上還是沒有笑容，「可以開始教我了吧？」

茅山派後繼有人了！

看他眼睛出現星光，張著大嘴的傻樣子，翩覺得自己大概做了個錯誤的決定。

「來吧，趕緊教我。」她會手下留情的，「別等我改變了主意，師父。」

他虎虎生風的跳起來，「太好了。徒兒，為師這就教妳……」他不懷好意的笑著，「以後打鬥就只能用桃木劍和符咒了……」

於是，翩成了死去五百年的茅山派掌教的關門弟子。

之後，她一睡著，不用召喚就會自己來報到。師徒也交手好幾次，當然只用符咒和桃木劍。

只是……這個檔案夾常常傳出慘叫聲，讓其他居民股慄不已。

「妳下手輕點呀～妳打算欺師滅祖是吧？殺人啦～徒弟殺師父呀～」

「師父，你早就死了。」

＊　＊　＊

翩之後接案子，不再使用死神鐮刀和靈力，反而用威力比較小的符咒和桃木劍。

「這世界……是以和諧為本體。」滿臉是傷的師父這麼說，實在很沒有說服力，「當和諧被破壞的時候，就會混亂到新秩序出現。身為人子，當順天而生，不應逆天。一但逆天，就容易出現無可預測的混亂，擾亂越強，影響越重。」

師父說得沒錯。之前她每動用一次死神鐮刀，總會讓周圍造成強大的違和感，那段時間的人都會受到奇怪的影響。暴戾之氣蔓延，衝突流血時時可見。

但是使用符咒、桃木劍和氣，就可以封絕出區域戰鬥，不至於影響「和諧」。

打工起來當然得心應手，不過，來踢館的人就越來越多。

連遠道從大陸來的異人也讓她打倒在地，少了兩顆門牙的道士漏風的說著有氣勢的話，不免滑稽，「妳到底是誰？」

「你是茅山派的吧？」師父的話有幾分道理，好好的符咒被這群笨蛋學成四不像了。「我也是。」

「胡說！」漏風道士激動的大叫，「妳不知道是哪來的旁門左道，台灣怎麼會有茅山派的正宗……」

翩一腳踢飛了他。

「你不是問我是誰麼？」她的唇間含著隱隱的笑意，「我是茅山派第十一代掌教的關門弟子，翩行者。」她折斷對方的桃木劍，「回去好好修行吧。這種三腳貓工夫，讓別人看茅山派笑話而已。」

「徒兒～～」師父從街邊網咖的電腦螢幕竄出來，嚇昏了正在打「古龍群俠傳」的少年，「感謝妳清理門戶啊～～」

「哇～鬼呀～～」路上行人帶踢館的道士跑得無影無蹤。

「師父……你……」她拿出準備已久的符咒，「急急如律令，眾鬼聽我行，疾！」

「喂～徒弟，我收妳不是要妳收我呀～」師父已經讓她收在符裡頭了。

我大概可以畢業了。她微微的笑，不知道她偶現的笑容有多麼奪人心魂。

街上唯一沒有逃跑的男人，遠遠的凝視著她，激賞的。

之三

「高高在上，尊貴的邪魔啊！

我想要得君之力，永遠心意相通，永生永世不斷衰誓契！

高山陵平，江水乾涸，

寒冬有雷，酷夏飛雪，

天地渾沌無上下，才敢絕棄與君之約。」

嬌秀的粉唇輕呼口訣，足踏七星布罡之步，桃木劍在地上龍飛鳳舞，大喝：

「與君契之，上邪現形！」

時值歲末，亞熱帶的台北猶有著暑熱的天氣，然而憑空一聲驟雷，萬里無雲，還是惹得人人走避驚慌。

一陣雲霧繚繞，雷閃電爍，狂風吹得女孩衣裙獵獵作響，她少有表情的面容仍是一片平靜，舉著桃木劍，破風而立。

只見眼前約兩人高的怪物蜷縮如胎兒。人面羚角，虎爪豹尾，身材如人一般，卻魁梧健壯如鋼鐵般美麗威武。

只見他冠玉似的面容，俊秀如女子，眼睛慢慢睜開，爬蟲類特有的豎直眼眸讓原本驚嘆美麗的人，全身的血液宛如結凍，簌簌發抖。

「何人膽敢呼喚我？」他的聲音不高，卻在人的腦海裡嗡嗡作響的回音著。

酒紅眼眸的女孩唇角有著幾乎看不見的笑意，「是我，翩行者。尊貴的上邪，我不相信你不認識我。」

上邪注視著她，俊秀魅惑的臉龐，卻有著天真無邪的笑。

「是的，我認得妳。妳是我這幾萬年來，第一個有胃口吃的人類。」

翩行者真正的笑了，跟他一樣的天真無邪。

初相遇

「我最討厭出差了。」還穿著制服的少女，冷然的臉上有著一絲不耐煩，「我更討厭坐飛機。」

特使不安的望著她，求助似的望著隨行的翻譯。雖然是臨時從神學院的學生抓出來的，這位金髮碧眼的翻譯卻從容的微笑，天使似的溫柔，安撫了所有的人的心。

雖然說，他也實在不清楚，這個來自南方小島的高中女生，怎麼會是梵諦岡那些大人們口裡的「翩行者大人」。

「…………」身為唯一會說中文的翻譯，他總得想點辦法安撫「翩行者大人」吧？「需要可樂嗎？茶，還是咖啡？專機上是什麼都有的……」

少女冷冷的望他一眼，嘆了口氣。「你倒不如說說看，到底是什麼狀況。剛剛他們七嘴八舌的，我鬧不清。」

別說她鬧不清，連他這個翻譯都聽矇了。

整理了一下，「有消息來傳，似乎南義有了些狀況。蒼蠅宛如濃霧，襲擊了村莊和海邊的渡假地……」

「……蒼蠅？不是蝴蝶？」她冷冷的面容微微變色。

「是蒼蠅。」

安靜了一會兒，「……我最討厭這種麻煩了……你們自己不能清理嗎？」

臨時被抓來出公差的神學生苦笑著，能處理他就不會被抓來出這趟公差了。迎接……天使大人？而且有封號？

眼前這個冷冰冰的少女，橫看豎看都不像是天使……

「你是義大利人？這是義文聖經？」她轉轉銳利的眼眸，盯著他膝上的聖經。

「是。」

「我可以看看嗎？」她客氣的問一聲，取走了那本聖經，「念一段……啊，用義大利文念，我想你應該會背了。」

長長的旅程，他雖然不明白為什麼，還是一路朗誦聖經。

長程的飛行只是讓她有一點點不耐，除了她和翻譯以外，其他人幾乎都累壞了。

一下飛機，翻譯呆了呆，梵諦岡之主居然前來接機，甚至趨步想要親吻少女的衣裾，少女只是更不耐的往後一跳，開口說，「你們有空弄這些陣仗，不如用相同的精力去驅除那個貴夫人。」

她開口是義大利語！

「大人……我們……」威嚴的梵諦岡之主此刻居然冷汗涔涔，像是孩子一樣失措。

「好了好了。」少女似乎很頭疼，「我去就是了。派輛車給我……」

「翩行者大人，我們有死士與您前往……」

「免了。」她拒絕，看到梵諦岡之主欲言又止，她的頭更疼了。多些人來送死嗎？這些人對付尋常小魔還可以呼呼喝喝，對付這位魔界的貴婦人？算了。

「就他了。」她隨便的指指翻譯，「他跟我去就行了，其他人別來擾亂我。」

「但是他什麼都不知道！他只是個神學生！」主教抗議了。

「我只需要一個神學生就好。」她冷冷的視線掃過，每個人覺得氣溫突然降了好幾度，「有意見嗎？」

所有人一起搖頭，垂首恭迎她離開。

「所以說，我最討厭出差了。尤其是來基督天界的轄區，最討厭了。」她忿忿的用中文說。

和少女並肩坐在車裡，他偷偷覷著她，「……我去台灣接妳的時候，妳似乎不懂義語。」

「語言並不是那麼難以了解的。但是精通是另一回事了。」她疲憊的靠在椅上，似乎非常不耐，「你幫我翻譯吧。我討厭花多餘的力氣去組合語言。」

他們的車開進了「災區」的範圍，穿著隔離衣的軍隊如臨大敵，剌馬擋住了他們的車。

「你在這裡等，其他的人也都在這裡待命。」少女拿起一個布包著的長條物，看也不看的進入了「災區」。

滿地都是屍首，但是只看到密密麻麻的黑。偶爾有蠕動，才驚飛了黏在屍首不放的蒼蠅們，肥大的蛆從死人的眼眶滾了出來。

還有活人。她抬頭看了看四周的窗戶，感受到一些活人的氣息。

妖魔的貴婦人嗜好很不好啊。她像是惡意的貓，正在玩弄她的食物們。所以看不到地面、斂翅的蒼蠅們只是虎視眈眈的騷動，並沒有馬上攻擊她，和屋子裡的人。

「……好慘。」翻譯低低的說著，很專注的念起聖經。

她無奈的連回頭都無力，「……不是叫你在車子那邊等嗎？」

「我是奉命陪妳前來的。」他笑笑，俊朗的臉龐有種溫柔的慈悲。

少女僵了一會兒，垂下雙肩。「……哎，你別動，站好。」她解開布包，露出一把光潤的桃木劍，取出懷裡的符紙，瞬間折成一隻紙鶴

翻譯看了她好一會兒，「……翩行者大人，我的母親是台灣人，我幼時也曾在台灣住過。」桃木劍？符紙？他有沒有看錯？

「那很好。」她敷衍著，用桃木劍在翻譯周圍畫出一道圓，隨意的將紙鶴丟進圈中，「千萬不要離開圈圈。」

「誰？是誰在我的範圍內用這種騙人的把戲？」蒼蠅突然飛了起來，越聚越多，漸漸的幻化成人形，穿著黑天鵝絨的貴婦人豔笑著望著她，「我道是誰，原來是讓天界趕出門的落魄天使啊。」

少女譏誚的一笑，「總比妳精神異常，被魔界趕出來的好。怎麼？逃出精神病院了？你們的人要抓妳吧？可笑基督天界的轄區只會驅除，能抓妳的被趕出去，反而趕妳不走。」

貴婦人變色了，「我不是異常者！發瘋的是魔王！妳這什麼聖力都沒有的賤人還敢開口糟蹋我！」

嗡嗡聲越來越大，遮天蓋地的蒼蠅像是暴雲一樣蜂擁而來。

少女將劍畫出半圓，舉在門面捏了手訣，「……天使又指示我在城內街道當中一道生命水的河、明亮如水晶、從　神和羔羊的寶座流出來……」緩慢的念出來。

貴婦人怔住了，翻譯也怔住了。

這……這不是很詭異嗎？拿著桃木劍、捏著手訣，口裡念著卻是義文聖經。

「妳以為這對我會有用？我會怕這個？」貴婦人笑到眼淚快掉出來，「妳以為……天啊，妳跟梵諦岡那群老廢物一樣！笑死我了……」

翻譯卻沒有笑。因為恐怖的蒼蠅群被逼在圈子以外，偶有鑽進來的，地上的紙鶴幻化成青鳥，準確的逼殺所有的漏網之魚。

她的聲音緩慢而清亮，聲音明明不高的……但是遠遠近近的「災區」，聽得清清楚楚。

還存活的人不知不覺跟著她念，心意虔誠，滿心的恐懼像是被洗滌了。這樣可怖的時刻，卻像是沐著神恩。

這股「念」，居然壓倒了震耳欲聾的嗡嗡聲。蒼蠅越飛越低，越飛越低，終於僵死，掉落在地上，像是下起黑色的雨。

「不要再念了……不要再念了！」貴婦人尖叫，尖利的爪子破空而來，「我要讓妳當蛆蟲的食料！」

少女反而將劍鋒指向地，在貴婦人撲過來的瞬間，對著她吹了一口氣。

這口氣是將所有的「念」集中在一起，像是狂風般腐蝕了貴婦人虛偽的美貌，肌膚片片剝落，忿恨的慘叫聲不斷，「妳卑鄙！妳用了人類的念～」

倒地的只有一具讓蛆蟲寄生的白骨。

「能除去妳就好了，妳管我用了什麼。」少女冷漠的收起劍，踏過厚厚的蒼蠅屍……

等她發現貴婦人鼓起最後的精氣撲向她時，心裡暗嘆自己大意了。嘖，讓她抓破皮可是很麻煩的，要花很多時間去清除被她種下的蛆卵……

「碰」的一聲，翻譯手裡的槍冒出青煙。令人驚訝的是，這槍居然命中了貴夫人的額心，而且這把凡人的槍，居然打滅了不死的貴婦人。

她化成了一片灰燼。

這是顆普通的子彈。少女沉吟了片刻。不普通的是，附著在子彈上堅韌的

「念」。

一個普通的凡人，居然可以有這樣強大的「念」。她不禁對那個神學生多看了一眼。

「好槍法。」神學院也教用槍嗎？

他笑了笑，把槍收起來。恍惚間，她似乎看到了這個人巨大的羽翼。宛如夜般，漆黑卻令人信賴的羽翼。

默默的回到車上，她支著下巴，一直沒有說話。拒絕了梵諦岡當局的熱烈邀約，她堅決的上了飛機，不耐的把帳單塞到大主教的手裡。

「我還是很討厭出差。」她居然走到翻譯的面前，伸出了手，「我姓陳，陳翩。」

「我叫法爾。」他笑笑，握了握那隻小小的手。

的確是個凡人沒錯。但是他領悟的很快。

「很高興認識你。」她轉身，朝著背後揮揮手。

看著自己的手，法爾心想，他大概念不完神學院了，不禁嘆了口氣。

水晶瓶般的容器

在專機上，陳翩真的盡力了。她一直保持清醒，不管她覺得整個人疲倦到要散了，她依舊在漫長到令人發瘋的旅程裡保持銳利的警覺。

下飛機以後，她根本看也不看——甚至連試圖都懶惰——梵諦岡一定安排了接她的車。但是加長型豪華轎車要怎麼開進她要去的地方？

她直奔一輛小巧的計程車，吐出一個地址，就覺得最後一點精力要消失殆盡了。七拐八彎的，計程車開進了一個小到不能再小的巷子裡，一大排老公寓座落在錯綜複雜的巷弄，外觀看起來實在……不很賞心悅目。

等她望著長長的樓梯要爬時，她只咕噥的咒罵著，「跟她說過多回了，換個有電梯的大樓不行？偏要住這種破到要倒的老公寓……」

這真的比面對各種妖魔鬼怪還艱苦，「我最討厭出差了。」等她終於按到電鈴，恨恨的對開門的中年婦人說。

那個看起來臉色慘白，眼睛底下的黑眼圈快要擴展到臉頰的婦人更疲憊的告訴她，「不是我叫妳去的。」

她推開婦人，筆直的倒在婦人凌亂的床上，就再也不能動了。這是個很詭異的、打掉所有隔間的「大」房間。

說大，是因為幾乎沒有什麼傢具。除了靠牆一大排的電腦以外，另一張更大的L型桌上堆滿了紙和資料，牛皮紙袋和亂七八糟的書。然後就是一張同樣亂七八糟的床，和半開著、亂七八糟的壁櫥。壁櫥的內容很令人驚嘆……衣服和磁碟片、光碟片、資料袋堆在一起，令人懷疑如何從這片混亂中找到東西。

陳翩就躺在這片混亂中。她熟睡的臉龐失去了冰冷，看起來美麗而脆弱。

在他們的周圍，有些白影狀——好吧，大部分都很清晰——的生靈和鬼魂漂蕩著，當中一個俏皮的少女湊過去看陳翩，驚慌起來，「舒祈！她沒有呼吸了！」

那個被稱為舒祈的婦人疲憊的看著一頁宛如天書的草稿，努力辨識潦草到接近潦倒的字跡，一面運指如飛的打字，「得慕，她還有呼吸……只是慢了點。每分鐘看有沒有一兩下吧？」

就在陳翩倒下昏睡時，她的玻璃窗立刻發出許許多多抓爬的聲音。恐怖的、貪婪的、令人作噁的生物和非生物，怨恨的想要進來撕碎這個傲慢自大的天使轉生。

「真是太過分了！」得慕很憤慨，「你們以為這是什麼地方？這可是舒祈的領域啊！你們是想嘗嘗軍隊的追捕，還是雷獸的憤怒啊？乾脆讓惡夢女王吃了你們這些魑魅魍魎算了！我相信……」

「是是是，我也相信。」舒祈雙眼無神的點頭，「但是你們什麼都別作，謝謝。我不想再接到天界和魔界的e-mail，我也不想讓他們派大使來關心。謝謝謝謝……讓我工作好嗎？我這份稿子很趕……」

得慕氣悶的住了嘴，颼的一聲飛進電腦螢幕，再也不想出來了。

舒祈只是聳了聳肩。這些魑魅魍魎也只能抓抓玻璃。他們又沒本事闖進來，這點小小的騷擾比起天界和魔界的煩人，實在不算什麼……

但是十六個小時過去了，她突然不再這麼確定了。連續聽十六個小時抓玻璃的聲音，任何正常人都會抓狂的。

「你們聽不懂……我在趕工的時候，脾氣向來不太好嗎？」她陰沉的轉向窗戶，「馬上停止。」

只停止了一秒鐘，抓玻璃的聲音越來越激烈，甚至傳來毛骨悚然而模糊的咆哮與怒吼，「把她給我們！」

舒祈霍然站起來，突然拉開玻璃窗，瞪著窗外那群欣喜若狂的魑魅魍魎，當他們正要侵入的時候，她張開口，用不高的聲音說了一個字：「**滾**。」

尖銳的慘叫無聲的迴響在台北陰霾的夜空，數量龐大到塞滿整條巷子的魑魅魍魎讓這個字擊個粉碎，只有無聲的慘叫不斷擴大再擴大，引起了微微的地震。

隔壁的嬰兒和小孩立刻驚醒哭嚎了起來，然後是樓上樓下，接著整條巷子的小孩子都一起夜驚大哭，住在她緊鄰的太太醒了過來，也跟著大哭大叫，「我受不了啦！隔壁又在搞鬼了！我要搬家！我要搬家！」

「太太，我們還有三十年的貸款……」她的丈夫試圖安撫她。

「我不管我不管！太恐怖啦！我要搬家啦！」

舒祈無可奈何的關上玻璃窗，塞上耳塞，運氣好的話，半個小時候就會安靜了。

「不想驚動天界和魔界，呃？」得慕嘲笑的從螢幕看出來，「出動軍隊也沒這麼『震撼』。」

真討厭，耳塞擋不住得慕的聲音，她沒好氣的回答，「謝謝妳的提醒。」

「不客氣。」得慕的心情變得很好，「這是我應該作的。」

「一定要這麼吵嗎？」陳翩翻個身，呻吟著。

舒祈翻翻白眼，「小姐，會這麼吵是因為妳倒在我家不醒人事。」她連看也沒看她一眼，「如果妳可以起床了，趕緊離開我家……我討厭這些小妖小魔打擾我……」

「……舒祈，妳有沒有瞬間膠？」陳翩的聲音裡有股冷靜的絕望。

她大概僵住了半秒鐘，立刻從椅子上彈跳起來，翻箱倒櫃找到瞬間膠，「我的天啊！妳千萬不要放手！不要讓封環掉下來！我還沒有本事從地層下陷三尺裡撈起這整排公寓！只是裂痕而已，對吧？只是出現小小的裂痕……」

陳翩緊緊的握住左上臂的臂環，語氣還是很平靜，只是無奈而絕望，「……已經整個裂成兩半了。」

「…………」舒祈咬牙切齒的在她的臂環小心的點上瞬間膠，確定不會掉下來以後，恨恨的望著她，「……這個月內的第三次了！妳就不能控制一下……」

「質地這麼脆弱，怎麼可以怪我？」陳翩抱怨了，「我連自己的能力都不敢動，完全靠別人的『念』欸！我也只是把自己的身體當成容器接受以後再發出，我怎麼知道……」

「妳怎麼知道？好個妳怎麼知道！」舒祈火大了，「緩一點來不行嗎？妳一定要在瞬間消滅魔界貴婦人？帥是很帥，但妳有沒有想過後果？妳就不能……」

「有個無知的人類跟我一起進入『災區』。」陳翩不耐煩的揮揮手，「我總不能看他死吧？不速戰速決，我連自己都保不住！這種脆弱的容器……」

「妳既然知道裝著能力的容器很脆弱，就不要一再的探試它的極限……六翼，」

舒祈連頭都沒轉，「快快把這個小鬼拖走！別讓她在我這兒爆炸……我這整條巷子的鄰居都是無辜的！」

六翼的死神先生用最快的速度趕到了，他愁容滿面的望著點了瞬間膠的封環。

「……翩，妳好歹也聽聽前輩的話。封環是用我和四個天使長的頭髮鍛造的……讓妳這樣消耗下去……」他有些欲哭無淚，「我和天使長們很快就會禿頭了。」

得慕笑了出來，居住在電腦硬碟裡的居民也忍俊不住，刻意壓抑的低笑聽起來很令人難堪。

「……你以為我願意嗎？」陳翩冷著臉，接過了封環套上，舊的封環啪的一聲斷在腳邊。

六翼的死神先生悲慘的撿起斷成兩截的封環。天知道，這玩意兒連魔王都可以封得住，卻讓翩稍稍使勁就斷了又斷。

「……為了我和天使長的頭髮著想，麻煩妳心平氣和一點吧。」他垂頭喪氣的回去天界，頭痛著不知道要怎麼再去拔天使長的頭髮。現在每個天使長看到他跟看到鬼一樣，總是按著腦袋就飛逃了。

……他這個監護人，實在當得很……很……很傷心。

＊　＊　＊

陳翺轉了轉僵硬的脖子，拿起那份宛如天書的稿件，跟舒祈分了一半，瞟了瞟內容，隨便找了台電腦咖啦啦的打起字來。

「幹嘛？」舒祈也覺得眼睛酸澀，索性給兩個人都倒了咖啡。

「付住宿費。」專注的打著字，目不斜視的。

韻律的打字聲，像是夏日午後的雨，細細的打在荷葉上，玲玲琅琅。

果然是天使，連打字聲都能讓人心平氣和……

「舒祈，」陳翺從來不叫她阿姨，「妳什麼時候『覺醒』的？」

透過氤氳的熱氣，舒祈的臉孔有些朦朧，「……我和妳不一樣，我是成年以後才覺醒的。那時我早脫離了青春期。」

「人類的身體……真是麻煩。」陳翩露出一絲不耐煩，「青春期這種不穩定的內分泌居然無法控制。」

「……或許是麻煩的容器吧。但卻是兼容並蓄的容器，天人、妖魔……人魂與非人，都可以寄宿在這個不穩定的容器裡。」舒祈偏偏頭，「妳要愛惜妳的容器。更何況，妳還是個非常完整的人。」

她挑挑眉，「有子宮的女人。」

「對，所以從我有初經開始，就有狂熱者想借用我的子宮。」陳翩把半冷的咖啡一飲而盡，「他們以為怎樣？玷污天使的靈魂就可以生出魔王？生殖是種玷污？他們腦子真的健全嗎？」

舒祈聳聳肩，「妳該問那個老奸巨猾的老頭是怎麼想的。為什麼會讓女兒到凡間。然後生下妳。」

「我不關心他的想法。我對任何紛爭都沒有興趣。」她專注的打了一會兒，把原稿交出去，「我想我已經把住宿費付清了。」

走的時候她沒有說再見，只是背著揮揮手。

回頭看看這棟公寓……或許她和舒祈是世界上最相似的兩個人。在滿街人與非人中，她和舒祈最相近。

裝在水晶般脆弱的容器裡……她迎著陽光看自己的手。這個容器，多麼容易毀滅。但這卻是天人和妖魔都模仿羨慕的身體。

每一個軀殼，都是水晶般的容器。只是裡面裝些什麼，誰也不知道。

就像擦肩而過的這一位，她的身上有種魅惑的氣息，像蛇。

但是她本人不知道吧？

陳翩伸展了一下身子，走入人與非人構成的萬丈紅塵。

轉學生

清醒過來的時候，陳翩無奈的拍拍頭上的塵土，望著屋頂的大洞。

清醒的時候她能夠壓抑能力，但是一旦睡著……她的能力就會產生「容器滲漏」，就像這樣，炸了整個屋頂。

她初覺醒就先炸了半個家，不管爸媽怎樣掉眼淚懇求，她還是執意搬出來。她可不希望哪天醒過來的第一件事情就是替全家辦喪事。

後來一路搬，一路發生疑似瓦斯爆炸慘劇，越搬越偏遠，最後在這個廢村安居下來。

也是因為要買下整個廢村，所以才要努力打工的。對了，還有每隔一陣子的屋頂修繕費。

這個月，她已經炸了第四間的屋頂了，等她放學以後，就又要搬到第五間去。

看看時間還早，她嘆口氣。還得費神去找不認識的工頭修理屋頂……想到就煩。不然她怎麼解釋每個月都炸屋頂的慘劇呢？她畢竟住在人間，不能跟人類太不相同。

幸好浴室還在，只是風從破個大洞的屋頂吹進來，涼颼颼的。她一面洗澡，一面有點怨嘆這種宿命。

該死的青春期趕緊過去吧！到哪天青春期才要結束啊！

她已經煩透這種日子了。

從瓦礫堆裡找出書包，拍了拍塵土。挾起門口的滑板，準備循著廢村的產業道路溜到小鎮的火車站。

「風疾！」她結了手印，在指端燃燒了符紙，滑板就像上了渦輪加速引擎，飛快的往前疾行。

速度好像太快了……當她下了產業道路，在公路上飛快進行時，她的眼角瞥見了閃亮。

嘖，討厭的測速器。「火從！」她拿出另一張符紙在指端燃燒，測速器發出火花，磅的一聲炸了。

損毀國家公物，罪過罪過……但是這條公路沒幾隻貓，何必苦苦相逼呢？而且上次她溜滑板的照片被測速器照下來，聽說變成公路警察人人都知道的靈異照片……

何必引起不安，對吧？

臨到人車漸多的路段，她輕叱「止！」，滑板漸漸的慢了下來，跟一般的女學生一樣，她慢吞吞的踏著滑板，溜到火車站，就把滑板收起來。

「騎腳踏車比較快。」老婆婆騎著腳踏車，很好心的提醒她。

陳翩斜著眼，唇未開而心意已動，「婆婆，趕緊投胎去吧，別在高速公路上騎腳踏車和人家對尬。」一面像是揮蚊蟲一樣把搭便車的幽魂趕走，「別煩我，逼人超度啊？」

陽氣不旺就是這樣，這些怪東西到處亂竄。到了車廂，看得到的地方都是那些閒晃的幽魂雜靈，實在有點心煩。

彈了彈指，「淨。」一陣大風刮過，旁人有些莫名其妙，不知道為了什麼，空氣居然清爽許多。

幽魂雜靈喃喃的抱怨當然沒人聽見，「搞什麼……就是想上車玩玩還被趕下來……」、「人家趕著去興亥隧道約會欸！」、「好霸道喔！」、「對嘛對嘛……」

原本閉目養神的陳翩，緩緩的睜開眼睛，卻是深酒紅的瞳孔。「真逼人超度？」她扳扳手指。

連車站都乾乾淨淨，一公里內跑得半隻都沒有。

輕嘆一聲，這才像正常高中生的生活嘛。隨著火車的韻律，她一面聽著音樂，一面背英文單字。

* * *

她在人間是個普通的高中生……最少她已經盡力堅持普通中的普通。為了當個普通人，她連高中都選最中間的那所……男女合校的高中。

蓋住膝蓋的百褶裙，雪白的制服，她嚴守校規嚴守到像個阿媽，連襪子都遵守個徹徹底底。

為了不讓人一直瞧她光滑無暇的臉蛋，她還費盡苦心跟狐影要了特殊的藥，讓自己長青春痘。可嘆狐影費盡力氣，只能讓她在臉頰意思意思的長兩顆，而且一不小心就痊癒，連個瘢痕都沒有。

「……狐影，你真的是魔界最有名的藥師嗎?!」費盡力氣才不讓自己打碎狐影的頭。

狐影無辜又沮喪的垂了肩膀，「妳以為天使的身體很好種病魔嗎？有長就好了，別奢求了。」

除了把頭髮紮成兩個土土的麻花辮，再戴個黑框眼鏡，她想不出改善的方法。為了當個「普通高中生」，她花的苦心比除妖還多。

只是她不知道，這種堅持讓她看起來更特別而已。天生的那股淡漠凜然，讓別人不敢跟她太接近，但是抱著一種莫名的好感談論她，喜歡她。

這一天，跟其他日子沒有什麼不一樣。只是第二節課，老師帶了一個金髮藍眼的轉學生進來，讓她愣然的掉了原子筆。

他……他不是那個神學生嗎？幾時神學院跟他們學校有交換學生了？

面對講台下的騷動，俊朗的他倒是一點也不在意，和煦的笑容讓人看得心曠神怡，「我的母親是台灣人，我父親是義大利人。因為想要在母親的國度求學，所以這個時候才轉來。我姓羅，羅法爾。」他在黑板寫了自己的名字，「請大家多多指教。」

東方人和拉丁民族的混血兒會金髮藍眼？真是非常糟糕，非常糟糕的遺傳。

陳翩把課本豎起來，不想和這個麻煩人物有什麼瓜葛。但是好死不死，這個麻煩中的麻煩就坐在她隔壁的空位上。

我不想認識你……我不想認識你……她偷偷地結手印，別跟我說話……別跟我說話……

但是事實證明一點用也沒有，更不幸的是，她糟糕的預感真的成真了。

放學後，這個麻煩人物居然尾隨她。這樣她怎麼回家？

「到底有什麼事情？」她轉過身，「我的確很高興再看到你，不過不是在學校！你不是在念神學院嗎？」

「我是追著妳來的。」法爾坦承，「看到妳的時候，我就知道我沒辦法念下去了。」

陳翩怔怔的看了他一會兒，覺得有點頭痛，「……為什麼？」

望望四下沒人，法爾拿出一個硬幣，在他指端，慢慢的浮起來。「……再重些也可以。」

「快收起來。」陳翩趕緊阻止他，「我知道了我知道了，你裝得像人一些好不好？」

「我是人。」法爾很困惑，「但是這種能力……怎麼解釋呢？我母親認為這是超能力，父親卻認為是上帝的恩典。我也認為是上帝賦予的能力……」

「所以你去念了神學院？」陳翩嘆口氣，「你若念到畢業，這種能力就可以消失了。」

「……但是遇到妳以後，我的心裡就沒有了上帝。」法爾更困惑了，「我不知道為什麼，就是一直想到妳。不管是祈禱還是做禮拜，我眼前不再是上帝，而是妳了。這種能力也越來越明顯……」

關我什麼事情？

陳翩悲慘的揉揉眉間，「……你趕緊回神學院吧。只要你好好的念完，一切都只是夢境，什麼都沒有。」

「妳知道這是為什麼對不對？」法爾筆直的望著她，逼近一些，「妳一定知道。」

「我只知道你是最糟糕的組合。」陳翩喃喃著，轉身就走。

「為什麼？我身體裡有惡魔的力量？但我父親母親的是正常人類……我父親還是虔誠的教徒！我母親雖然沒有明顯信仰，但是也沒有惡魔崇拜啊！我……」他緊追著不放。

「什麼是惡魔的力量呢？惡魔又是什麼？」陳翩急轉身，無奈的望著他，「你若想要當個平凡人，安靜的度完餘生，就不要再去動用這種力量，也不要再去追究為什麼。」

她已經辨識清楚他身上的氣味，是很芳香……但是會要人命的。

「你會一直想著我，是因為你『裡面』的『那個』下意識的追尋同類。」她點了點法爾的胸口，有些頭疼他似乎有「容器滲漏」的現象。

喔，拜託，幫他也沒有打工費可以賺的……陳翩滿心不耐的在他胸口火速畫了個禁符。

「你在基督天界的轄區是安全的，不要再來東方了。」陳翩揮揮手，「你若想以人類的外貌得享天年，就把這一切都忘記，然後乖乖回義大利吧。」

「……我是妖怪？」法爾難以置信。

陳翩翻了翻白眼，「你是我遇過最蠢的鳳凰後裔。」她再也不想多說，飛快的越過十字路口，卻消失在紅綠燈的那端。

* * *

先到狐影的咖啡廳坐坐吧，不然她也無法回家。

一進門，狐影先是呆了一下，深深吸了一口氣，「很高貴的味道……妳身上怎麼有鳳凰的味道？」

他「滲漏」的非常厲害。陳翩疲倦的把書包一放，「給我杯白毫烏龍。」她放鬆了表情……面無表情。

時間還早，只有幾個「移民」在咖啡廳裡閒聊。

「嗯？」狐影偏了偏頭，把白毫烏龍給她。

「有個鳳凰後裔，裝在人的容器裡。」她不想多做解釋。

「……連東方天界的鳳凰都要滅絕了呢。」狐影很訝異，「人的血脈真令人驚奇……」

陳翩揉揉眉間，「他不是純種鳳凰。更糟糕一點點，他是西方不死鳥和東方鳳凰的隔代大遺傳。幸好他在基督天界長大的，不然不會熬到現在還沒事……」

「真的嗎？」

這句問話讓陳翩差點把茶都噴了出來，那個麻煩中的麻煩不但跟到設下結界的咖啡廳，還無聲無息的靠近櫃台。

「你怎麼進來的?!」陳翩受到驚嚇了。

狐影暗暗的吹聲口哨，冷靜的陳翩居然有其他表情了。

「跟在妳後面進來呀。」法爾覺得她問得莫名其妙。

幾個移民望了過來，貪婪的舔了舔唇，望著法爾。

「他『漏』的很厲害。」狐影提醒著，整個咖啡廳充滿了生命之泉的芳香。

「管好你的客人……他一出事，我就拆了這整個地方。」陳翩警告著，「記帳。」匆匆的拉著法爾離開。

狐影聳聳肩，跟其他客人淡淡的說，「你們都聽到了？那隻鳳凰是她在罩的。口水擦一擦，難看死了。」

「能罩到幾時？」太香了……幾乎連人形都無法維持，只想撲上去將他的精氣吸個乾乾淨淨。

「想試的人先跟我報名。」狐影溫柔的一笑，魅惑的誘哄，「只要可以打贏我，就可以為所欲為唷。」

有意見的人吞了口口水，乖乖的坐下來。死老狐狸……每個移民心裡暗罵，卻不敢有意見。

這位人間的狐王，他們沒「人」惹得起。

狐影聳聳肩，他當然知道很香啊。是妖魔都忍不住的。但是他吃素，而且也不想讓陳翩拆了他的咖啡廳。

＊　＊　＊

「你控制一點好不好？」陳翩拉著他疾行，一面罵著。

「控制什麼？」法爾糊裡糊塗的，只覺得來往的行人好像越來越多，而且面目越來越猙獰。

陳翩氣結，卻不知道該怎麼說明。簡單的禁符果然沒用……現在馬上把他塞進飛機裡送回義大利？

頂多多則空難而已。

摸了摸臂上的封環……嘖。已經出現細微的裂痕，她不能動用力量。左顧右盼，她拉著法爾上了附近大樓的頂樓，緊急的畫出一個圓，在四個角安了符紙。

她不懂……為什麼那麼多年都沒有滲漏，法爾卻會在一天之內滲漏的這麼厲害？

「你的味道……你也稍微控制一下。」陳翩無奈的坐了下來。

「什麼味道？」法爾望著她，「妳是說……我真的是鳳凰的後裔？」他自己都笑了出來。

陳翩卻笑不出來，「……我簡單說明，你信也罷，不信也罷。人類的血緣裡頭，還含著另一種遺傳。你看得到的每個人……或多或少都有神和魔的部分血統。這世上已經沒有『真人』了。只是這些遺傳因子都潛伏著，讓人類的強性基因壓制。」

她揉了揉額角，「我不知道你的哪一代祖先混了這種血統。只是很詭異的，在長久的婚配中，你父方有強烈的不死鳥因子，母方有強烈的鳳凰因子。更糟糕一點的是……他們結婚，生了你。你的眼睛和髮色都不是人類的遺傳部分，而是遠祖的神獸。」

陳翩覺得很疲倦，初相遇的時候只覺得他的「念」很特別，卻一點味道也察覺不出來。

現在卻漏的像個篩子一樣……

「……雖然不太懂，但是我在消化。」法爾很想說他不相信，但是他也只能指指圈外的異類，「這些……是為我來的？」

「……我要收打工費。」陳翩垂下雙肩，「我非收你個幾億打工費不可。」

要怎樣不動用力量消除這群阿撒不魯？整個都城內的妖異幾乎都集中在她的結界

之外了。

「當初的日本人是怎麼規劃台北市的!?」陳翩怒吼起來，「弄了那麼多九字切，這個台北市根本是個錯綜複雜的鬼城！」

輕微的地震了很久很久，久到狐影都有點暈了。

接到一通冷冰冰的電話，「想點辦法，我想吐了。」舒祈交代完就摔了電話。

這又不關我的事情……

狐影搔搔頭，順著夜風，飄然的出現在陳翩和法爾旁邊。「好堅固的結界……我也進不去。」他欣賞著陳翩的傑作。

不過陳翩的瞪眼讓他有點膽寒，他嘆著氣，交這些朋友有什麼用……只會差遣他。

拔下幾根極長的頭髮，幻化成封環，「喏，給他戴上。雖然比不上六翼，但是可以擋一陣子。」

陳翩伸手取了封環，粗魯的戴在法爾手臂上。那種芳香立刻消失了，茫然的妖異徘徊了一會兒，又消失在台北的天際。

「擋不了太久……妳還是找六翼想辦法吧。」狐影很體貼的遞出瞬間膠，「給妳補一下封環，不然基督天界要出現很多光頭的天使長。」

陳翩一把搶過來，很無奈的補著封環越來越大的裂痕。

「鳳凰，你不能留在這個都市。」狐影揮揮手，落日漸隱的台北市隆隆著，除了車水馬龍還有另一種不安的聲音。「這是個破綻百出的城市，沒有任何足以守護的力量。你知道嗎？鳳凰幾乎絕種了……」

他背著光，看起來似乎有種莊嚴，「因為鳳凰的血肉，可以讓妖異成為妖仙，甚至可以不死……你了解我的意思嗎？」

法爾定定的望著他很久，「……但我想留在這裡。」

有種情感，破壞了他的穩定。青春期加上這種情感，真是糟糕中的糟糕。

隨著夜風，狐影飛了起來，「妳要負責喔，翩。」

她愣了一下，「喂！為什麼是我？」

「因為是妳造成他的滲漏的。」狐影笑了起來，「別讓舒祈火大唷……該負責的還是要負責……」

這兩個孩子，還不知道為什麼吧？他壞心的笑笑，飄然遠去。

……難道是我接觸了他所以他會漏成這樣？我也是千百個不願意啊！

「看起來……要麻煩妳了。」法爾不好意思的笑笑，心裡卻覺得很開心，很開心。

為什麼我要負責？我什麼也沒做啊!?

「你趕緊滾回義大利吧!!」

蝴蝶的話

這本個人誌（初版）的誕生，首先要感謝辛苦的愛倫。因為我除了出文章，幾乎什麼事情也沒做。

畢竟我對「自己出書」這件事一直覺得很渺茫。

當然，還必須感謝各位讀者的支持，支持一個任性又冷淡的作者。

其實，我並不是天性就這麼冷淡，到底是遇過一些挫折，才漸漸的沉默下來。但是習慣這樣沉默而冷淡之後，覺得這樣說不定是最好的距離。

（也被說是矯枉過正，我一點都不會反對。）

隔著這樣安全的距離，或許我跟讀者的緣分會比較長。我相信緣分也是有配額的，節省著用，說不定大家可以共度更多美好的時光。

對我來說，寫作是謀生也是療傷。療癒許多難熬的苦楚，和漫長歲月的蒼白。所以，我寫得最滿意的通常是最沒有類別，寫得最痛快的往往鬆散沒有結構，但是在現在這樣的出版環境下，我就成了白羊中的唯一黑羊，顯得突兀而不適合生存。

我並不是抱怨這樣的環境，是我不能適應，而適者生存。

當我想放棄的那一刻，真沒想到會獲得這麼大的迴響，原來我不是孤獨的，還是有人一路陪伴著走過來。

我覺得，我真是個幸福的人。

或許一直寫下去吧？不管生活是否艱困。為了一路同行的讀者，說放棄，似乎還太早。

總之，我感謝許多人。而我，也將默默的用筆寫出未來的道路。

不管是否充滿荊棘，我將微笑著走過去。

請原諒我的冷漠和隱居，這是我的選擇，但是所有讀者的熱情，我都點滴在心。

蝴蝶於2006/12/25

國家圖書館出版品預行編目資料

養蠱者／蝴蝶Seba著. -- 初版. -- 新北市：
雅書堂文化事業有限公司, 2022.06
面； 公分. --（蝴蝶館；85）
ISBN 978-986-302-630-3（平裝）
863.57 111006088

蝴蝶館 85

養蠱者

作　　者／蝴蝶Seba
發 行 人／詹慶和
執行編輯／蔡毓玲
編　　輯／劉蕙寧・黃璟安・陳姿伶
封面設計／古依平
執行美編／陳麗娜
美術編輯／周盈汝・韓欣恬

出版者／雅書堂文化事業有限公司
郵政劃撥帳號／18225950
戶名／雅書堂文化事業有限公司
地址／新北市板橋區板新路206號3樓
電子信箱／elegant.books@msa.hinet.net
電話／（02）8952-4078
傳真／（02）8952-4084

2022年06月初版　定價280元

經銷／易可數位行銷股份有限公司
地址／新北市新店區寶橋路235 巷6 弄3 號5 樓
電話／ (02)8911-0825
傳真／ (02)8911-0801